菩提系列散文 之八

红尘菩提

林清玄

著

作家出版社

（京权）图字：01-2017-3115

图书在版编目（CIP）数据

红尘菩提 / 林清玄著 .—北京：作家出版社，2017.11（2019.2重印）
（林清玄菩提系列散文）
ISBN 978-7-5063-9448-2

Ⅰ.①红… Ⅱ.①林… Ⅲ.①散文集－中国－当代 Ⅳ.① I267
中国版本图书馆 CIP 数据核字（2017）第 079920 号

本著作物经厦门墨客知识产权代理有限公司，由九歌出版社有限公司授权作家出版社，在中国大陆出版、发行中文简体字版本。

红尘菩提

作　　者：林清玄
责任编辑：省登宇
助理编辑：张文剑
装帧设计：粉粉猫
出版发行：作家出版社有限公司
社　　址：北京农展馆南里 10 号　　　邮　　编：100125
电话传真：86－10－65067186（发行中心及邮购部）
　　　　　　86－10－65004079（总编室）
E－mail:zuojia@zuojia.net.cn
http://www.zuojiachubanshe.com
印　　刷：中煤（北京）印务有限公司
成品尺寸：142×210
字　　数：140 千
印　　张：5.5
版　　次：2017 年 11 月第 1 版
印　　次：2019 年 2 月第 3 次印刷
ISBN 978-7-5063-9448-2
定　　价：35.00 元

目 录
CONTENTS

1

自　序

1

在香港的中国百货公司买了一个石湾陶器，我从前旅行时总是反对购买那些沉重易碎的物品，这一次忍不住还是买了，因为那陶器是一个赤身罗汉骑在一匹向前疾驰的犀牛上，气势雄浑，非常生动，很能象征修行者勇往直前的心境。

百货公司里有专门为陶瓷玻璃包装的房间，负责包装的是一位讲标准北京话的中年妇人。她从满地满墙的纸箱中找来一个，体积大约有我的石湾陶器的四倍大。

接着她熟练地把破报纸和碎纸屑垫在箱底，陶器放中间，四周都塞满碎纸，最后把几张报纸揉成团状，塞好，满意地说：

"好了，没问题了，就是从三楼丢下去也不会破了。"

我的石湾陶器本来有两尺长、一尺高、半尺宽，现在成为一个庞然的箱子了。好不容易提回旅馆，我立刻觉得烦恼，这样大的箱子要如何提回台北呢？它的体积早就超过手提的规定了，如果用空运，破的概率太大，还是不要冒险才好，一个再好的陶瓷，摔破就一文不值了。

后来，我做了一个决定，决定仍然用手提，舍弃纸箱、碎纸和破报纸，找来一个手提袋提着，从旅馆到飞机场一路无事。但是上飞机没走几步，一个趔趄，手提袋撞到身旁的椅子，只听到清脆的一声，我的心震了一下：完了！

惊魂甫定地坐在自己的机位上，把陶器拿出来检视，果然，犀牛的右前脚断裂，头上的角则完全断了。

我心里非常非常的后悔，后悔没有信任包装的妇人的话，更后悔把纸箱丢弃。这时，我心里浮起一个声音说："对一个珍贵的陶器，包装它的破报纸和碎纸屑是与它相同珍贵的！"

确实，我们不能只想保有珍贵的陶器而忽视那些看来无用，却能保护陶器的东西。

2

生命的历程也是如此，在珍贵的事物周围总是包着很多看似没有意义、随手可以舍弃的东西，但我们不能忽略其价值，因为没有了它们，我们的成长就不完整，就无法把珍贵的东西从少年带到中年，成为有智慧的人。同样的，我们也不能忽视那些人生里的负面因素，没有负面因素的人生，就得不到教训、启发、锻炼，乃至于成长了。

对于一朵美丽的花，它脚下平凡的泥土是一样珍贵的。

对于一道绚烂的彩虹，它前面的乌云与暴雨是一样有意义的。

对于一场精彩的电影，它周围的黑暗与它是同等价值的。

这样的生命态度，在佛经中叫作"火中生莲"，就是在烈火的燃烧中，开出一朵清净的莲花。因此，没有泥土就没有花、没有乌云就没有彩虹、没有黑暗就没有电影，没有在红尘中翻滚，就没有觉悟的人生。

痛苦，是伟大的开始！

3

一个人在走向完美与理想的道路上，必然会遇到生命的许多困境，这些困境，在被红尘所染者的眼中，是烦恼；在寻求超越者的观点，却是菩提！有很多事，放开一点、包容一点、转一个弯，就可能完全不同了。

有一个关于禅者的笑话说：

两个有烟瘾的人，一起去向一位素以严苛出名的禅师学习打坐。当他们打坐的时候，由于摄心，烟瘾就被抑制了，可是每坐完一炷香，问题就来了。

那一段休息时间被称为"静心"，可以在花园散步，并讨论打坐的心得。每到静心时间，甲乙两人便忍不住想抽烟，于是在花园互相交流抽烟的心得，愈谈愈想抽。

甲提议说："抽烟也不是什么大不了的事，我们干脆直接去请示师父，看能不能抽！"

乙非常同意，问说："由谁去问呢？"

"师父很强调个别教导，我们轮流去问好了。"甲说。

甲进去请教师父，不久之后，微笑地走出禅堂对乙说："轮到你了。"

乙走进师父房里，接着传来师父怒斥和拳打脚踢的声音，乙鼻青脸肿地爬出来，却看见甲正在悠闲地抽烟。他无比惊讶地说："你怎么敢在这里抽烟？我刚刚去问师父的时候，他非常生气，几乎把我打死了。"

甲说："你怎么问的？"

乙说："我问师父：'静心的时候，可不可以抽烟？'师父立刻就生气了。你是怎么说的，师父怎么准你抽烟？"

甲得意地说："我问师父：'抽烟的时候，可不可以静心？'师父听了很高兴，说：'当然可以了！'"

这虽然是一个笑话，却说明了同样的一件事，如果转一个弯来看，烦恼就是菩提。

4

生活在红尘的我们，都具有凡夫的禀性，凡夫的禀性就是贪爱顺境，要来润泽自己，嗔恨逆境，恐怕损恼自己。凡夫的性质就是不完美、不理想、不圆满、不具足的性质，而不完美、不理想、不圆满、不具足是由于"有情"，情比慧重，才会使我们落到红尘。

红尘的修行，就是情感的修行，转识成智，转情成慧，如此而已。因此，每一次情感挫伤的修补、每一次情感染着的清净、每一次情感波澜的歇息，都是红尘中的菩提。

红尘是情境，菩提在自心，红尘是永远不可能澄澈的，有菩提的人却可以用澄澈的心来对待，就仿佛大海的波浪永不止息，明眼的人却能看到深海无波。如果想要找一个理想的红尘来生活与修行，那是永远不可能的幻梦。

从前，有一位满脸愁容的老人，七十几岁了还没有结婚，到处旅行、流浪，似乎在寻找什么东西。

有人问他在找什么。

他说："我在寻找一个完美的女人，娶她为妻！"

那人就问他说："你已经找到这么老了，旅行过那么多地方，难道从来没有找到一个完美的女人吗？"

"有的，我碰到过一个，那是仅有的一个，真是一个无与伦比的、完美的女人！"老人的眼里饱含悲伤，回忆着。

"那么，你为什么不娶她呢？"

老人痛苦地说："可是，她在寻找的是一个完美的男人。"

——红尘里就有菩提，只是人往往在外面寻找菩提，不知道菩提是使自己完美与提升的过程，就好像提着一只大箱子，里面放满稻草与纸屑，想去找一个珍贵的陶器来安放，没想到陶器早就在里面，只是没有拨开来显露出来罢了。

可是，显露出来又如何呢？

显露出内在菩提的人，提再大的箱子、放再多的草屑、走再远的路，也能不厌其烦、无所畏惧了！

5

诸神中的智者普罗米修斯的弟弟伊皮米修斯是个冲动的神，他在制造人类之前先制造动物，而把他所有最好的礼物像气力、迅速、勇敢、伶俐、狡猾、毛皮、羽毛、翅膀、甲壳等好东西都给了动物，等他要造人的时候才发现既没有保护的外壳、本能又输给动物的人类将难以和兽类匹敌。

他很后悔，只好求助于有智慧的哥哥。普罗米修斯于是接办了创造人类的工作，想出了一个使人类优越的方法，他先把人类的外形铸造得和诸神一样，看起来远较兽类高尚与正直，然后他拿着一支火炬飞向太阳，向太阳借火，将远比皮毛、羽毛、气力，或迅速更佳的，能保护人类的东西"火种"送给人类。

人类虽然比其他的动物衰弱而短命，因为有了火种，却凌驾了一切动物。火种甚至使人的文明和神差不多了，这一点，使诸神之王宙斯大为愤怒。

"要怎么来惩罚这一对兄弟呢？"宙斯自问，并想到了一些恶毒的方法，他先把普罗米修斯捆绑在高加索的山巅，然后制造一件看上去既甜蜜又可爱，既好奇又貌似含羞，既邪恶又看起来纯洁的东西作礼物送给伊皮米修斯。

这件"东西"被宙斯铸造完成，当诸神看见她时都惊奇得呆了，纷纷赐给她礼物，有银白的衣服、绣花的面纱、一顶金冠，和用盛开的花朵造成的灿烂花饰，宙斯把这件挂满诸神礼物的"礼物"命名为"潘多拉"，意即"全体的礼物"。

潘多拉是地上第一个女人，她有两大特质，一是好奇心，二是邪恶的性格。

诸神知道她的特质，因此当要把她送给伊皮米修斯的时候送给她一个盒子，里面放了各种有害的东西，并且警告她不得开启，然后把她送给伊皮米修斯。虽然普罗米修斯曾告诉他不可接受宙斯送的礼物，可是当他看到潘多拉时就立刻被迷住了，不但接受了潘多拉，还娶她为妻。

潘多拉对盒子的好奇心愈来愈强，有一天趁丈夫不在，就打开盒子来看，盒中冒出一阵怪烟，为害人类的瘟疫、忧患、痛苦、烦恼和灾害都跑了出来，恐惧的潘多拉急忙盖住盒子，但已经太迟了，盒子里只留下唯一的一件好东西，就是"希望"。

把盒子打开的潘多拉，使得人类的后裔无法过像诸神一样幸福的生活，幸好留下了"希望"，使得人在面对瘟疫、忧患、痛苦、烦恼和灾害时，还能得到安慰，在不幸中还能向前走，发展文明并繁衍子孙。

这是希腊神话中的一个故事，我很喜欢，每次遇到人生的痛苦与烦恼，我就会想起潘多拉的盒子和在盒中的"希望"。

红尘的扰攘是那些冒着怪烟的不幸与不安，而自心的菩提是永远怀着希望，使人的身体虽然受到捆绑，精神仍然自由而奔放。

有时候，我甚至觉得潘多拉盒中的"希望"，就是普罗米修斯的火种，有了这火种，使火种不灭，那么在苦难的折磨中就可以无畏了。

人类的英雄普罗米修斯被捆绑在高加索山巅，但是他永远不屈服，他也不后悔盗火给人类，甚至誓言无论付出什么代价，他都不会屈服于暴力、痛苦和恐吓。由于他的悲悯、智慧、勇敢，普罗米修斯成为人类的象征，使他所铸造的人类在许多品质上犹胜于诸神。

我喜欢他的一首诗，长夜中读起来热血为之沸腾：

> 没有力量能强迫我求饶，
> 让宙斯放出他燃炽的电光吧！
> 用白的雪瓣，
> 雷和地震，
> 使这动摇的世界混乱吧！
> 这一切的痛苦，
> 均不能改变我的意志！

宙斯的权力虽然高过诸神权力的总和，是雨、乌云、可怕雷电的召集者，然而，我们如果怀抱着永不熄灭的希望的火种，雨、乌云、雷电也不能动摇我们的意志呀！

6

《红尘菩提》所要表现的就是"希望"，是在动摇混乱的世界中不失去自我的一种心情。

以观音菩萨来说，红尘是"观世音"的道场，在各种世间音声里寻求救苦；菩提是"观自在"的历程，走向十方圆明的心灵世界。以此作为我们苦难生命的典型，是我们通向智慧与悲怀唯一的道路，红尘虽暗，让我们擎着菩提的火炬前进吧！

这本书有许多篇章是通俗歌曲的歌名，我给予它新的意义，即在表明，纵是最浅俗如梦幻的事物，我们也可以得到觉悟的启发。

谨以此书献给在苦恼中浮沉的一切众生，祈愿：

　　消除宿现业，增长诸福慧。
　　现眷咸安乐，先亡获超升；
　　风雨常调顺，人民悉康宁，
　　法界诸含识，同证无上道。

林清玄

一九九○年五月

于台北永吉路客寓

"菩提十书"新序
——致大陆读者

一花一净土，一土一如来

三十岁的时候，在世俗的眼光里，我迈入了人生的峰顶。

我得到了所有重要的文学奖项，我写的书都在畅销排行榜上，我在报纸杂志上有十八个专栏。

我在一家最大的报社，担任一级主管，并兼任一家电视台的主管。我在一家最大的广播公司主持每天播出的带状节目，还在一家电视台主持每周播出的深入报道节目。

我应邀到各地的演讲，一年讲二百场。

"世俗"的成功，并未带给我预期的快乐，反而使我焦虑、彷徨、烦恼，睡眠不足，食不知味。

我像被打在圆圈中的陀螺，不停地旋转，却没有前进的方向，也不知道什么时候会倒下来。

有一天，我在报社等着看大样，发现抽屉里有一本朋友送我的书《至尊奥义书》，有印度的原文，还有中文解说。

随意翻阅，一段话跳上我的眼睛：

"一个人到了三十岁，应该把所有的时间用来觉悟。"

我好像被人打了一拳，我正好三十岁，不但没有把所有的时间用来觉悟，连一分钟的觉悟也没有，觉悟，是什么呢？

再往下翻阅：

"到了三十岁，如果没有把全部的时间用来觉悟，就是一步一步地走向死亡的道路！"

我从椅子上跳起来，感到惊骇莫名，自己正一步一步走向死亡的道路还不自知呀！

从那一个夜晚开始，我每天都在想：觉悟是什么？要如何走向觉悟之路？

一个月后，我停止了主持的广播节目和电视节目，也停止了大部分的专栏。

三个月后，我入山闭关，早上在小屋读经打坐，下午在森林散步，晚上读经打坐。

我个人身心的变化，可以用"革命"来形容，为了寻找觉悟，我的人生已经走向完全不同的路向。

走上独醒与独行的路

那一段翻天覆地的改变，经过近三十年了，虽说已云淡风轻，但每次思及当时的毅然决然，依然感到震动。

我的全身心都渴求着"觉悟"，这种渴求觉悟的内在骚动，使我再也无法安住于世俗的追求了。

虽然，"觉悟"于我只是一个模糊的概念，分不清是净土宗觉悟到世间的秽陋，寻找究竟的佛国，或者是密宗觉悟到佛我一体的三密相应，或者是华严宗觉悟到世界即是法界，庄严世界万有，或者是天台宗觉悟到真理是普遍存在的，一色一香，无非中道！

我的"觉悟"最接近的是禅宗的"顿"，是"佛性的觉醒"，是不论我们沉睡了多么长的时间，醒来都只是短暂的片刻。

很庆幸，我在三十岁的某一个深夜，醒来了！

也就是在那个醒来，我开始写作第一本菩提的书《紫色菩提》，我会再提笔写作，是因为"佛教的思想这么好，知道的人却这么少"，希望用更浅白的文字来讲佛教思想。

其次是理解到，佛教的修行不离于生活，禅宗的修行从来不是贵族的，它自始至终都站在庶民大众的身边。它的思想简明易懂又容易修行，它不墨守成规，对经论采取自由的态度。

自从百丈之后，耕田、收成、运水、搬柴，乃至吃饭、喝茶，禅的修行深入于生活的每一个细节。

如果能在觉悟的过程，将生活、读书、修行、写作冶成一炉，应该可以创造一些新的思想吧！

我的"菩提系列"就是在这种心情下开始创作的，我的闭关内容也有了改变，早上读经打坐，下午在森林经行，晚上则伏案写作。

经过近十年的时间，总共写了十本"菩提"，当时在台湾交由九歌出版社出版，引起读书界的轰动，被出版业选为"四十年来最畅销及最有影响力的书"。

后来，授权给北京的作家出版社，出版了简体字版，也是轰动一时，成为许多大陆青年的床头书。

三十年前，我的人生走向了一条分叉的路，如果在世俗的轨道继续向前走，走向人群熙攘的路，会是如何呢？

我走上了人迹罕至的路，走上独行与独醒的路，到如今还为了追寻更高的境界，努力不懈。

我能无悔，是因为步步留心，留下了"菩提系列""禅心大地系列""现代佛典系列""身心安顿系列"，《打开心内的门窗》《走向光明的所在》……

我确信，对于彷徨的现代人，这些寻找觉悟之道的书，能使他们得到启发，在世俗的沉睡中醒来。

学习看见自己的心

"觉悟"在生命里是神奇的，正是"千年暗室，一灯即明"，不管黑暗有多久，沉睡了多么长的时间，只要点燃了一盏小小的灯火，一切就明明白白、无所隐藏！

"觉悟"不只是张开心眼来看世界，使世界有全新的面目；也是跳出自我的执着，从一个全新的眼睛，来回观自己的心、自己的爱、自己的人生。

"觉"是"学习来看见"，"悟"是"我的心"，最简明地说，"觉悟"就是"学习看见自己的心"。

"觉悟"乃是与"菩提"连成一线的,《大日经》说:"云何菩提,谓如实知自心。"

这是为什么我在写"菩提系列"时,把书名定为"菩提"的原因,它缘于觉悟,又涵盖了觉悟,它涵容了佛教里一些"无法翻译"的内涵,例如禅那、般若、三昧、南无、波罗蜜多等等。

"菩提"在正统的佛教概念里,原是"断绝世间烦恼而成就涅槃智慧"的意思,但由于它的不译,就有了无限的延展和无限的可能。

我想要书写的,其实很简单,不只是佛教的修行能改变人生,就在我们生活里,也有无限延展和无限可能。

"菩提"的具体呈现是"菩提萨埵",也就简称"菩萨","菩提"是"觉","萨埵"是"有情"。

"觉有情"这三个字真美,我曾写过一本书《以有情觉有情》,来阐明这个道理:菩萨的行履过处,正是以更深刻的情感来使有情的众生得到觉悟,而每一个有情时刻都是觉悟的契机。

生活是苦难的,生命是无常的,但即使是最苦的时候,都能看见晚霞的美丽;最艰难的日子,都能感受天空的蔚蓝与海洋的辽阔。纵是最无常的历程,小草依然翠绿,霜叶还是嫣红。

道由白云尽,春与青溪长;时有落花至,远随流水香。白云与青溪,落花与流水,都是长在的,并不会随着因缘的变幻、生命的苦谛而失去!

"菩提十书"写的正是这种心事,恰如庞蕴居士说的"一念心清净,处处莲花开;一花一净土,一土一如来",生命里若还有阴晴不定，生活里若还有隐晦不明，那是因为我们还没有触事遇缘都生起菩提呀！

我把"菩提十书"重新授权给大陆出版，时光流变已过半甲子，年华渐老、思想如新，祈愿读者在这套书中，可以触到觉悟与菩提的契机！

林清玄

二〇一二年秋天

台北清淳斋

卷一　波罗蜜

来自心海的消息

几天前，我路过一座市场，看到一位老人蹲在街边，他的膝前摆了六条红薯，那红薯铺在面粉袋上，由于是紫红色的，令人感到特别的美。

老人用沙哑的声音说："这红薯又叫山药，在山顶掘的，炖排骨很补，煮汤也可清血。"

我小时候常吃红薯，就走过去和老人聊天，原来老人住在坪林的山上，每天到山林间去掘红薯，然后搭客运车到城市的市场叫卖。老人的红薯一斤卖四十元，我说："很贵呀！"

老人说："一点也不贵，现在红薯很少了，有时要到很深的山里才找得到。"

我想到从前物质匮乏的时候，我们也常到山上去掘野生的红薯，以前在乡下，红薯是粗贱的食物，没想到现在竟是城市里的珍品了。

买了一个红薯，足足有五斤半重，老人笑着说："这红薯长到这样大要三四年时间呢！"老人哪里知道，我买红薯是在买一些失去的回忆。

提着红薯回家的路上，看到许多人排队在一个摊子前等候，好奇地走上前去，才知道他们是在排队买"番薯糕"。

番薯糕是把番薯煮熟了，捣烂成泥，拌一些盐巴，捏成一团，放在锅子上煎成两面金黄，内部松软，是我童年常吃的食物，没想到台北最热闹的市集，竟有人卖，还要排队购买。

我童年的时候非常贫困，几乎每天都要吃番薯，母亲怕我们吃腻，把普通的番薯变来变去，有几样番薯食品至今仍然令我印象深刻，一个就是"番薯糕"，看母亲把一块块热腾腾的、金黄色的番薯糕放在陶盘上端出来，至今仍然使我怀念不已。

另一种是番薯饼，母亲把番薯弄成签，裹上面粉与鸡蛋调成的泥，放在油锅中炸，也是炸到通体金黄时捞上来。我们常在午后吃这道点心，孩子们围着大灶等候，一捞上来，边吃边吹气，还常烫了舌头，母亲总是笑骂："夭鬼！"

还有一种是在消夜时吃的，是把番薯切成丁，煮甜汤，有时放红豆，有时放凤梨，有时放点龙眼干，夏夜时，我们总在庭前晒谷场围着大人说故事，每人手里一碗番薯汤。

那样的时代，想起来虽然辛酸，却有一种难以言说的幸福。我父亲生前谈到那段时间的物质生活，常用一句话形容："一粒田螺煮九碗公汤！"

今天随人排队买一块十元的番薯糕，特别使我感念为了让我们喜欢吃番薯，母亲用了多少苦心。

卖番薯糕的人是一位少妇，说她来自宜兰乡下，先生在台北谋生，为了贴补家用，想出来做点小生意，不知道要卖什么，突然想起小时候常吃的番薯糕，在糕里多调了鸡蛋和奶油，就在市场里卖起来了。她每天只卖两小时，天天供不应求。

我想，来买番薯糕的人当然有好奇的，大部分基于怀念，吃的时候，整个童年都会从乱哄哄的市场，寂静深刻地浮现出来吧！

"番薯糕"的隔壁是一位提着大水桶卖野姜花的老妇，她站的位置刚好，使野姜花的香正好与番薯糕的香交织成一张网，我则陷入那美好的网中，看到童年乡野中野姜花那纯净的秋天！

这使我想起不久前，朋友请我到福华饭店去吃台菜，饭后叫了两个甜点，一个是芋仔饼，一个是炸香蕉，都是我童年常吃的食物。当年吃这些东西是由于芋头或香蕉生产过剩，根本卖不出去，母亲想法子让我们多消耗一些，免得暴殄天物。

没想到这两样食物现在成为五星级大饭店里的招牌甜点，价钱还颇不便宜，吃炸香蕉的人大概不会想到，一盘炸香蕉的价钱在乡下可以买到半车香蕉吧！

时代真是变了，时代的改变，使我们检证出许多事物的珍贵或卑贱、美好或丑陋，只是心的觉受而已，它并没有一个固定的面目，心如果不流转，事物的流转并不会使我们失去生命价值的思考；而心如果浮动，时代一变，价值观就变了。

克勤圆悟禅师去拜见真觉禅师时，真觉禅师正在生大病，膀子上生疮，疮烂了，血水一直流下来，圆悟去见他，他指着膀上流下的脓血说："此曹溪一滴法乳。"

圆悟大疑，因为在他的心中认定，得道的人应该是平安无事、欢喜自在，为什么这个师父不但没有平安，反而指说脓血是祖师的法乳呢？于是说："师父，佛法是这样的吗？"真觉一句话也不说，圆悟只好离开。

后来，圆悟参访了许多当代的大修行者，虽然每个师父都说他是大根利器，他自己知道并没有开悟。最后拜在五祖法演的门下，把平生所学的都拿来请教五祖，五祖都不给他印可，他愤愤不平，背弃了五祖。

他要走的时候，五祖对他说："待你着一顿热病打时，方思量我在！"

满怀不平的圆悟到了金山，染上伤寒大病，把生平所学的东西全拿出来抵抗病痛，没有一样有用的，因此在病榻上感慨地发誓："我的病如果稍微好了，一定立刻回到五祖门下！"这时的圆悟才算真实地知道为什么真觉禅师把脓血说成是法乳了。

圆悟后来在五祖座下，有一次听到一位居士来向师父问道，五祖对他说："唐人有两句小艳诗与道相近：频呼小玉原无事，只要檀郎认得声。"居士有悟，五祖便说："这里面还要仔细参。"

圆悟后来问师父说："那居士就这样悟了吗？"

五祖说："他只是认得声而已！"

圆悟说："既然说只要檀郎认得声，他已经认得声了，为什么还不是呢？"

五祖大声地说："如何是祖师西来意？庭前柏树子！去！"

圆悟心中有所省悟，突然走出，看见一只鸡飞上栏杆，鼓翅而鸣，他自问道："这岂不是声吗？"

于是大悟，写了一首偈：

金鸭香销锦绣帏，笙歌丛里醉扶归；

少年一段风流事，只许佳人独自知。

我很喜欢这个故事，特别是真觉对圆悟说自己的脓血就是曹溪的法乳，还有后来"见鸡飞上栏杆，鼓翅而鸣"的悟道。那是告诉我们，真实的智慧是来自平常的生活，是心海的一种体现，如果能听闻到心海的消息，一切都是道，番薯糕或者炸香蕉，在童年穷困的生活与五星级大饭店的台面上，都是值得深思的。

圆悟曾说过一段话，我每次读了，都感到自己是多么的庄严而雄浑，他说：

山头鼓浪，井底扬尘；

眼听似震雷霆，耳观如张锦绣。

三百六十骨节，一一现无边妙身；

八万四千毛端，头头彰宝王刹海。

不是神通妙用，亦非法尔如然；

苟能千眼顿开，直是十方坐断。

心海辽阔广大，来自心海的消息是没有五官，甚至是无形无相的，用眼睛来听，以耳朵观照，在每一个骨节、每一个毛孔中都有庄严的宝殿呀！

夜里，我把紫红色的红薯煮来吃，红薯煮熟的质感很像汤圆，又软又 Q，想起很久很久以前在晒着谷子的庭院吃红薯汤，突然看见一只鸡飞上栏杆，鼓翅而鸣。

呀！这世界有如少女呼叫情郎的声音那样温柔甜蜜，来自心海的消息看这现成的一切，无不显得那样的珍贵、纯净，而庄严！

其实你不懂我的心

　　一位朋友送我一卷录音带，说："这是新编写的佛教歌谣，你带回去听听看。"

　　这卷没有封面的佛教歌谣音乐带，显然是转录又转录的，只见卡带上用印章盖了"佛教歌谣"四字。回到家想放来听，正巧儿子在使用录音机，我叫他先让爸爸听一卷"重要的"录音带，儿子口中嘀咕，很不情愿地关掉正在听的音乐。

　　我把"佛教歌谣"放了，和孩子坐着一起听，才听了第一首，儿子就下断语："好难听哦！"

　　我说："再听两首看看。"

　　听到第三首的时候，连我自己也受不了，不只是录音品质极差，词曲也很难听，虽然写着"佛教歌谣"，我也只好向儿子承认"难听的东西就是难听，不管它是挂着什么名字"，那就像一家有好听名字的餐厅，做出来的菜却很难吃一样。

　　"爸爸，你听听这个。"儿子把录音带取出，放回他原来在听的带子，我看到封套上写着"其实你不懂我的心"，是一位年轻的男歌星唱的流行歌。

音乐用一种无奈的声调流出来了：

> 你说我像云，捉摸不定，
> 其实你不懂我的心。
> 你说我像梦，忽远又忽近，
> 其实你不懂我的心。
> 你说我像谜，总是看不清，
> 其实我用不在乎掩藏真心。
> 怕自己不能负担对你的深情，
> 所以不敢靠你太近。
> 你说要远行，暗地里伤心，
> 不让你看到哭泣的眼睛。
> ……

听这首歌的时候，我心底突然冒出这样的声音："呀！这首歌比我刚刚听到的佛教歌谣，更能表现佛教的精神，或者更接近佛教！"

自心的不可言说、不可思议，不正是像云，捉摸不定吗？念头的生住异灭，不正是像梦一样，忽远又忽近吗？无常与因缘的现象，不正是像谜一般，总是看不清吗？我们不敢靠众生太近，不是我们不慈悲，而是怕不能负担对众生的深情！我们看到人生的爱别离，知道那是生命必然的结局，只有暗暗地伤心了……

想着这首歌，使我十分感慨，其实到处都有人生的智慧，不一定要标明"佛教"，因为真正智慧的教化是心的教化，而心的教化是无相的。

我记起在《大宝积经普明菩萨会》中有一段非常美丽动人的经文，是佛陀对迦叶尊者说的，简直像诗一样：

心去如风，不可捉故。

心如流水，生灭不住故。

心如灯焰，众缘有故。

是心如电，念念灭故。

心如虚空，客尘污故。

心如猕猴，贪六欲故。

心如画师，能起种种业因缘故。

心不一定，随逐种种诸烦恼故。

心常独行，无二无伴，无有二心能一时故。

心如怨家，能与一切诸苦恼故。

心如狂象，蹋诸土舍，能坏一切诸善根故。

心如吞钩，苦中生乐想故。

是心如梦，有无我中生我想故。

心如苍蝇，于不净中起净想故。

心如恶贼，能与种种考掠苦故。

心如恶鬼，求人便故。

心常高下，贪恚所坏故。

心如盗贼，劫一切善根故。

心常贪色，如蛾投火。

心常贪声，如军久行乐胜鼓音。

心常贪香，如猪喜乐不净中卧。

心常贪触，如蝇着油。

如是迦叶！求是心相，而不可得。

在经典中像这样的片段很多，可见心的变化很大，不只别人难以了解我们的心，连自己也常常不懂自己的心。这是为什么像寒山子这样能以最浅白的文字写境界的禅师都要感叹地说："吾心似秋月，碧潭清皎洁，无物堪比伦，教我如何说？"——其实，没有人懂我的心，因为我的菩提心是难以比拟的。

《大日经》里说："云何菩提？谓如实知自心。"是说一个人如果能如实知道自己的心，那就是菩提的所在，可见"如实知自心"说来平常，却是极不凡的。

一个人不懂自己的心是正常的，不然拿两段经文问问：

"天下人心，如流水中有草木，各自流行，不相顾望。前者不顾后，后者不顾前，草木流行，各自如故。人心亦如是，一念来，一念去，亦如草木前后不相顾望。"（《忠心经》）——请问：你可以主掌过去心、现在心、未来心吗？

"心取地狱，心取饿鬼，心取畜生，心取天人。作形貌者，皆心所为。能伏心为道者，其力最多。吾与心斗，其劫无数，今乃得佛，独步三界，皆心所为。"（《五苦章句经》）——请问：在六道轮回中，你可以选取要去的所在吗？你在与心相斗时，有胜的把握吗？

当我们讲"佛教"时，讲的不是形式，而是心，是心在教法，是佛陀调心的经验，而不是一个宗教的标签。

在我们的生活四周，能使我们的心更明净升华的，那是佛法！能使我们能往善良慈悲迈进的，那是佛法！能使我们生起觉悟与智慧的，那是佛法！能使我们更利他无我的，那是佛法！能使我们身心更安顿的，那是佛法！

佛陀的两位大弟子，一是智慧第一的舍利弗，一是神通第一的目犍连，他们都是听到一首偈而得法眼净的，这首偈是：

> 法从缘生，
>
> 亦从缘灭；
>
> 一切诸法，
>
> 空无有主。

佛法是无所不在的，但它不是一个固定的形式，这个时代最怕的是流于古板形式的佛法，那就像把"慈悲"二字在纸上写一百次，然后把纸张吞进肚里，慈悲也不会增进一丝一毫，即使佛陀在世，对形式主义的佛教也会大叹："其实，你不懂我的心！"

欢乐悲歌

带孩子从八里坐渡轮到淡水去看夕阳。

八里的码头在午后显得十分冷清，虽然与淡水只是一水之隔，却阻断了人潮，使得码头上的污染没有淡水严重，沿海的水仍然清澈可见到海中的游鱼。一旦轮渡往淡水，开过海口的中线，到处漂浮着垃圾，海面上飘来阵阵恶臭。

到了淡水，海岸上的人潮比拍岸的浪潮还多，卖铁蛋、煮螃蟹、烤乌贼、打香肠、卖弹珠汽水的小贩沿着海岸，布满整个码头，人烟与油烟交织，甚至使人看不清楚观音山的棱线。

许多父母带着小孩，边吃香肠边钓鱼，我们走过去，看到塑胶桶子里的鱼最大的只有食指大小，一些已在桶中奄奄一息，更多的则翻起惨白的肚子。

"钓这些鱼做什么？要吃吗？"我问其中一位大人。

"这么小的鱼怎么吃？"他翻了一下眼睛说。

"那，钓它做什么？"

"钓着好玩呀！"

"这有什么好玩呢？"我说。

那人面露愠色，说："你做你的事，管别人干什么呢？"

我只好带孩子往海岸的另一头走去，这时我看见一群儿童在拿网捞鱼，有几个把捞上的鱼放在汽水杯里，大部分的儿童则是把鱼捞起倒在防波的水泥地上，任其挣扎跳跃而死。有一个比较大的儿童，把鱼倒在水泥地，然后举脚，一一把它们踩碎，尸身黏糊糊地贴在地上。

"你在做什么？"我生气地说。

"我在处决它们！"那孩子高兴地抬起头来，看到我的表情，他也吃了一惊。

"你怎么可以这样残忍，万一你也这样被处决呢？"我激动地说。

那孩子于是往岸上跑去，其他的孩子也跟着跑走了，从他们远去的背影，我看见他们的制服上绣着"文化小学"的字样。原来他们是淡水文化小学的学生，而文化小学是在古色古香的"真理街"上。

真理街上的文化"国小"学生为了好玩，无缘无故处决了与他们一样天真无知的小鱼，想起来就令人心碎。

我带着孩子沿海岸抢救那些劫后余生的小鱼，看到许多已经成为肉泥，许多则成了鱼干，一些刚捞起来的则在翻跳喘息，我们小心地拾起，把它们放回海里，一边做一边使我想到这样的抢救是多么渺茫无望。因为我知道等我离开的时候，那些残暴的孩子还会回来，他们是海岸的居民，海岸是永无宁日的。

我想到丰子恺曾在一篇文章里写道："顽童一脚踏死数百蚂蚁，我劝他不要。并非爱惜蚂蚁，或者想供养蚂蚁，只恐这一点残忍心扩而充之，将来会变成侵略者，用飞机载了重磅炸弹去虐杀无辜的平民。"这种悲怀不是杞人忧天，因为人的习气虽然有很多是从前带来的，但今生的熏习，也足以使一个善良的孩子成为一位凶残的成人呀！

就像古代的法庭中都设有"庭丁"，庭丁一向是选择好人家的孩子，也就是"身家清白"的人担任，专门做鞭笞刑求犯人的工作。这些人一开始听到犯人惨号，没有不惊伤惨戚的，但打的人多了，鞭人如击土石，一点也没有悲悯之心。到后来或谈笑刑求，或心中充满恨意，或小罪给予大刑。到最后，就杀人如割草了。净土宗的祖师莲池大师说到常怀悲悯心，可以使我们免于习气熏染的堕落，他说："一芒触而肤栗，片发拔而色变，己之身人之身疾痛疴痒宁有二乎？"

我们只要想到一枝芒刺触到皮肤都会使我们颤抖，一根头发被拔都会痛得变色，再想到别人所受的痛苦有什么不同呢？众生与我们一样，同有母子、同有血气、同有知觉，它们会觉痛、觉痒、觉生、觉死，我们有什么权利为了"好玩"就处决众生，就使众生挣扎、悲哀、恐怖地死去呢？

有没有人愿意想一想，我们因为无知的好玩，自以为欢乐，却造成众生的悲歌呢？

沿着海岸步行，我告诉孩子应如何疼惜与我们居住于同一个地球的众生，走远了，偶尔回头，看见刚刚跑走的真理街文化小学的孩子又回到海边，握着红红绿绿的网子，使我的心又为之刺痛起来。

"爸爸，他们怎么不知道鱼也会痛呢？"我的孩子问说。

我不知道如何回答，而默然了。

记得有一位住在花莲的朋友曾告诉我，他在海边散步时也常看到无辜被"处死"的小鱼，但那不是儿童，而是捞鳗苗或虱目鱼苗的成人，捞网起来发现不是自己要的鱼苗，就随意倒在海边任其挣扎曝晒至死。

朋友这样悲伤地问："为什么？为什么不能轻移几步，把它们重新放回海里呢？"

可见，不论是大人或小孩，不论在城市或乡村，有许多人因为无知的轻忽制造着无数众生的痛苦以及自己的恶业，大人的习染已深，我执难改，这是无可如何的事，可是，我们应该如何来启发孩子的悲怀，使他们不致因为无知而堕落呢？以现在的情况来看，由于悲怀的失去，我们在乡村的孩子失去了纯朴，日愈鄙俗；城市的孩子则失去同情，日渐奸巧。在茫茫的世界，我们的社会将要走去哪里呢？

"人是大自然的癌细胞，走到哪里，死亡就到哪里。"我心里浮起这样的声音。

原来是要带孩子来看夕阳的，但在太阳还没有下山前，我们就离开淡水了，坐渡轮再返回八里去。在八里码头，不知何时冒出一个小贩，拉住我，要我买他的"孔雀贝"，一斤十元，十一斤一百元。

我看着那些长得像孔雀尾羽的美丽蛤类，不禁感叹："人不吃这些东西，难道就活不下去了吗？"

我牵着孩子，沉重地走过码头小巷，虽无心于夕阳，却感觉夕阳在心头缓缓沉落。

人如果不能无私地、感同身受地知觉到众生的苦乐，那么无缘大慈、同体大悲只不过是虚空飘过的风，不能落实到生活，不能有益于生命呀！

文明是因智慧而创发，但文化则是建立于人文的悲悯。

菩提道是以空性为究竟，但真理则以众生的平等与尊重起步。

文化"国小"在真理街上。

文化大国则在夕阳里，一点一点地失去光芒，在山背间沉落下去！

太阳雨

对太阳雨的第一印象是这样子的。

幼年随母亲到芋田里采芋梗，要回家做晚餐，母亲用半月形的小刀把芋梗采下，我蹲在一旁看着，想起芋梗油焖豆瓣酱的美味。

突然，被一阵巨大震耳的雷声所惊动，那雷声来自远方的山上。

我站起来，望向雷声的来处，发现天空那头的乌云好似听到了召集令，同时向山头的顶端飞驰奔跑去集合，密密层层地叠成一堆。雷声继续响着，仿佛战鼓频催，一阵急过一阵，忽然，将军喊了一声："冲呀！"

乌云里哗哗洒下一阵大雨，雨势极大，大到数公里之外就听见噼啪之声，撒豆成兵一样。我站在田里被这阵雨的气势慑住了，看着远处的雨幕发呆，因为如此巨大的雷声、如此迅速集结的乌云、如此不可思议的澎湃之雨，是我第一次看见。

说是"雨幕"一点也不错，那阵雨就像电影散场时拉起来的厚重黑幕，整齐地拉成一列，雨水则踏着军人的正步，齐声踩过田原，还呼喊着雄壮威武的口令。

　　平常我听到大雷声都要哭的，那一天却没有哭，就像第一次被鹅咬到屁股，意外多过惊慌。最奇异的是，雨虽是那样大，离我和母亲的位置不远，而我们站的地方阳光依然普照，母亲也没有跑的意思。

　　"妈妈，雨快到了，下很大呢！"

　　"是西北雨，没要紧，不一定会下到这里。"

　　母亲的话说完才一瞬间，西北雨就到了，有如机枪掠空，哗啦一声从我们头顶掠过，就在扫过的那一刹那，我的全身已经湿透，那雨滴的巨大也超乎我的想象，炸开来几乎有一个手掌大，打在身上，微微发疼。

　　西北雨淹过我们，继续向前冲去。奇异的是，我们站的地方仍然阳光普照，使落下的雨丝恍如金线，一条一条编织成金黄色的大地，溅起来的水滴像是碎金屑，真是美极了。

　　母亲还是没有要躲雨的意思，事实上空旷的田野也无处可躲，她继续把未采收过的芋梗采收完毕，记得她曾告诉我，如果不把粗的芋梗割下，包覆其中的嫩叶就会壮大得慢，在地里的芋头也长不坚实。

　　把芋梗用草捆扎起来的时候，母亲对我说："这是西北雨，如果边出太阳边下雨，叫作日头雨，也叫作三八雨。"接着，她解释说："我刚刚以为这阵雨不会下到芋田，没想到看错了，因为日头雨虽然大，却下不广，也下不久。"

我们在田里对话就像家中一般平常，几乎忘记是站在庞大的雨阵中，母亲大概是看到我愣头愣脑的样子，笑了，说："打在头上会痛吧！"然后顺手割下一片最大的芋叶，让我撑着，芋叶遮不住西北雨，却可以暂时挡住雨的疼痛。

　　我们工作快完的时候，西北雨就停了，我随着母亲沿田埂走回家，看到充沛的水在圳沟里奔流，整个旗尾溪都快涨满了，可见这雨虽短暂，是多么巨大。

　　太阳依然照着，好像无视于刚刚的一场雨，我感觉自己身上的雨水向上快速地蒸发，田地上也像冒着腾腾的白气。觉得空气里有一股甜甜的热，土地上则充满着生机。

　　"这西北雨是很肥的，对我们的土地是最好的东西，我们做田人，偶尔淋几次西北雨，以后风呀雨呀，就不会轻易让我们感冒。"田埂只容一人通过，母亲回头对我说。

　　这时，我们走到蕉园附近，高大的父亲从蕉园穿出来，全身也湿透了，"咻！这阵雨真够大！"然后他把我抱起来，摸摸我的光头，说："有给雷公惊到否？"我摇摇头，父亲高兴地笑了："哈……金刚头，不惊风、不惊雨、不惊日头。"

　　接着，他把斗笠戴在我头上，我们慢慢地走回家去。

　　回到家，我身上的衣服都干了，在家院前我仰头看着刚刚下过太阳雨的田野远处，看到一条圆弧形的彩虹，晶亮地横过天际，天空中干净清朗，没有一丝杂质。

　　每年到了夏天，在台湾南部都有西北雨，午后刚睡好午觉，雷声就会准时响起，有时下在东边，有时下在西边，像是雨和土地的约会。在台北，夏天的时候如果空气污浊，我就会想："如果来一场西北雨就好了！"

西北雨虽然狂烈，却是土地生机的来源，也让我们在雄浑的雨景中，感到人是多么渺小。

我觉得这世界之所以会人欲横流、贪婪无尽，是由于人不能自见渺小，因此对天地与自然的律则缺少敬畏的缘故。大风大雨在某些时刻给我们一种无尽的启发，记得我小时候遇过几次大台风，从家里的木格窗，看见父亲种的香蕉，成排成排地倒下去，心里忧伤，却也同时感受到无比的大力，对自然有一种敬畏之情。

台风过后，我们小孩子会相约到旗尾溪"看大水"，看大水淹没了溪洲，淹到堤防的腰际，上游的牛羊猪鸡，甚至农舍的屋顶，都在溪中浮沉漂流而去，有时还会看见两人合围的大树，整棵连根流向大海，我们就会默然肃立，不能言语。呀！从山水与生命的远景看来，人是渺小一如蝼蚁的。

我时常忆起那骤下骤停、瞬间阳光普照；或一边下大雨、一边出太阳的"太阳雨"。所谓的"三八雨"就是一块田里，一边下着雨，另外一边却不下雨，我有几次站在那雨线中间，让身体的右边接受雨的打击、左边接受阳光的照耀。

三八雨是人生的一个谜题，使我难以明白，问了母亲，她三言两语就解开这个谜题，她说：

"任何事物都有界限，山再高，总有一个顶点；河流再长，总能找到它的起源；人再长寿，也不可能永远活着；雨也是这样，不可能遍天下都下着雨，也不可能永远下着……"

在过程里固然变化万千，结局也总是不可预测的，我们可能同时接受着雨的打击和阳光的温暖，我们也可能同时接受阳光无情的曝晒与雨水有情的润泽，山水介于有情与无情之间，能适性地、勇敢地举起脚步，我们就不会因自然的轻踩得到感冒。

在苏东坡的词里有一首《水调歌头》，是我很喜欢的，他说：

> 落日绣帘卷，亭下水连空。
> 知君为我新作，窗户湿青红。
> 长记平山堂上，欹枕江南烟雨，杳杳没孤鸿。
> 认得醉翁语，"山色有无中"。
> 一千顷，都镜净，倒碧峰。
> 忽然浪起，掀舞一叶白头翁。
> 堪笑兰台公子，未解庄生天籁，刚道有雌雄。
> 一点浩然气，千里快哉风！

在人生广大的倒影里，原没有雌雄之别，千顷山河如镜，山色在有无之间，使我想起南方故乡的太阳雨，最爱的是末后两句："一点浩然气，千里快哉风！"心里存有浩然之气的人，千里的风都不亦快哉，为他飞舞、为他鼓掌！

这样想来，生命的大风大雨，不都是我们的掌声吗？

宁静海

　　孩子从学校带回一盒蚕宝宝，据他说，现在学校里流行养蚕，几乎人手一盒。

　　面对那些纯白的小生命，我感到烦恼了，因为养蚕的事看来容易，实践却很难。我童年的时候养过许多次蚕，最后几乎都注定了失败的命运，并不是蚕养不活，而是长大以后它吐茧结蛹，羽化为蛾，生出更多的小蚕，繁殖得太快，不是桑叶不够吃，就是没有地方放置，最后，总是整盒带到郊外的桑树上放生。

　　那时候山里的桑树很多，甚至我家的后院都有几棵桑树，通常我们都是去山里采桑叶，只在不得已的情况下才摘家里的。

　　想一想，在桑叶那么充沛的时候，养蚕都会失败，何况是现在呢？

　　孩子养蚕的桑叶买自学校的福利社，一包十元，回来后他把桑叶冰在冰箱里免得枯萎，我看他忙得不亦乐乎，却想到：万一学校福利社的桑叶缺货呢？

果然，没有多久，一天孩子满头大汗地从学校回来，说："爸！糟了！天下大乱了！学校的桑叶缺货！"那天下午，我带他到台北市郊几个可能有桑树的地方去，都找不到一棵桑树，黄昏回程的时候，他垂头丧气地坐在车里，突然眼睛一亮："爸爸，我们用别的树叶试试！"

"没有用的，千百年来蚕就是吃桑叶长大，它不可能吃别的叶子。"我说。

孩子说："真的饿死也不吃别的树叶吗？我不信！"

"那么，你试试看！"

孩子兴奋地把家里种的树叶各摘下一片，把冰箱里的菜叶也找来了，不管他放下什么叶子，蚕总是无动于衷，甚至连动也不动一下，虽然它们看起来是那么饥饿，饿得快死了，也不肯动口尝尝别的叶子。

试过所有的叶子，孩子长叹一声说："哎呀，这些蚕怎么这样想不开？吃几口别的树叶会死吗？"

他坐在那里发了半天呆，突然问我说："如果，如果，一只蚕从生下来就让它吃别的树叶，不让它吃一口桑叶，它会不会吃呢？"

"你试试看吧！"

为了寻找这问题的答案，他更乐于养蚕（幸好第二天福利社的桑叶就送来了），蚕儿长大、成蛹、化蛾、产卵……当黑色像眼睫毛一样的小蚕孵出的那一刻，孩子就喂给它别的树叶，结果它们的固执和父母一样，连第一口都不肯吃。最后，孩子不得不把桑叶放进去，它们立刻欢喜地开口大吃了。

小蚕对桑叶的坚固执着，令我感到非常吃惊，它们的执着显然不是今生的习惯，而是来自遥远前世的记忆，否则不会连生平的第一口都那么执着。

　　面对蚕的执着，孩子学到了什么呢？他说："蚕的心，我们是不会知道的啦！"

　　是呀，蚕的心潜藏着轮回的秘密，孕育着业力的神秘，包覆着习气的熏习，或者是像海一样深不可测的。当然这些都无从查考，唯一可知的是它只吃桑叶（古今中外的蚕都如此），它只吐一种明亮、柔软、坚韧的丝（古今中外的蚕也都如此）。

　　世界的众生何尝不是如此呢？每一众生的内在世界都深奥一如海洋。以蚕的近亲飞蛾来说吧！它们世世代代寻火而扑，在火中殉身，永不疲厌，是为了什么？以蚕的远亲蝴蝶来说，同一品种的蝴蝶，花纹世世代代均不改变，甚至身上的斑点不会多一个或少一个；而它们世世代代只吃花蜜，不肯改一下口味，这是为什么呢？

　　众生都有不能破除的执着，小似无知的昆虫到大似灵敏的人，都是如此，众生的识执都有如海洋，广大、难以探测、不能理解。

　　在我们理想中的宁静、澄澈、深湛、光明的自性之海，要经过多么长远的时光，才能开显呀！

　　从一枚小小的桑叶，一只小小的蚕，我也照见了自己某些尚未破尽的烦恼。

拒绝融化的冰

有一个父亲对他的儿子说："去拿一粒榕树的果实来。"

儿子拿来一粒榕树的果实。

"将它剖开。"父亲说。

"剖开了，爸爸。"儿子说。

"你在里面看到了什么？"

"一些种子，很小的种子。"

"剖开其中的一粒。"

"剖开了，爸爸。"

"你在里面看到了什么？"

"什么也看不到，爸爸。"

父亲于是对儿子说："那微妙的本体是看不见的，使一棵大榕树得以存在的，就是那无相的本体，这是不可见的真，我儿呀，你也是像一粒榕树种子，剖开来一无所见。"

"爸爸，请再教我一些智慧。"儿子向父亲说。

父亲于是给了儿子一包盐，说："将这盐放进一盆水里，明天把盆子端来见我。"

第二天早晨，儿子端盆子来见父亲。

父亲严厉地说："把你昨晚放进水里的盐拿出来还给我！"

儿子面有难色，因为盐早就化了。

父亲于是说："尝尝盆里的水，告诉我味道怎么样？"

"咸的。"儿子尝了以后回答。

"中间的水呢？"

"也是咸的。"

"盆底的水呢？"

"也是咸的。"

父亲于是对儿子说："我儿呀！跟水中的盐一样，在你这个身体里面，你还没有体会到真，是微妙的本体，在水中虽不可见，却能体会到它，水如果晒干了，盐还是在的。我儿呀，你也是这样，虽一无所见，却是存在的。"

这是印度古籍《圣都格耶奥义书》里的故事，我觉得很可以拿来讲佛教的"空义"，或禅宗的"自性"，空不是虚无，虽不能见，却是存在的；自性的种子剖开来什么也没有，而法身的大树却是从其中生长的。那种感觉就像我们的呼吸，我们看不见入息和出息，却在我们的身体里进进出出，我们不能说它是无，因为它有一种实感；也不能说它是有，因为我们并无法抓住或保留在我们身体进出的气息。吹气球也是如此，我们把四周的气吸来，吹进气球里，无法辨别说明那是空中本来有的气呢，还是我们身上的气？气球有一天会爆掉，空气又回到空中，或者我们会吸进一些，又吹进另一个气球，那样循环往复，没有定相。我们的身心也只是一个气球吧，在空中组合而成，有一天又回到空中。

如此思维，使我不禁又要想起释迦牟尼佛在菩提树下证道说出的第一句话：

奇哉！众生皆有如来智慧德相，只因妄想执着不能证得！

使我们不能找到种子本体（如来智慧），不能体会水中之盐（德相）的正是妄想和执着呀！

"妄想"就是以虚妄颠倒的心，来分别诸法之相，无法如实地知见事物。妄想来自两方面，一方面是今生意识经验所生的妄想，一方面是无穷尽的前世所熏习而与生俱来的妄想。

"执着"是由于虚妄分别的心，对事物或事理固执不舍。执着又分两种，一种是不知道人我众生是五蕴的假合，执着人我为本体的存在，称为"我执""人执"或"众生执"。第二种是不知五蕴之法为虚幻不实的"空"，执着法我为实体，称为"法执"。

所以说，执着是由妄想而起的，而妄想则来自于习气和无明。这些都不是一朝一夕的事，而是长久熏习于妄想与执着的因缘而导致，就好像一盆水要结成一块冰一样，必须经过一个渐渐凝固的过程；反过来说，冰要融化成水，也要点点滴滴地融解。

水与冰的体性并没有不同，妄想执着的冰融化了，就会成为智慧德相的水。因而真正使人生可悲的，并不是妄想会结冰，而是结了冰拒绝融化、拒绝觉悟、拒绝开启智慧，守在妄想与执着的幻城之中。

古灵神赞禅师说："灵光独耀，回脱根尘，体露真常，不拘文字；心性无染，本自圆成，但离妄缘，即如如佛。"这是一种完全融化的境界，若不离开"妄想执着之缘"，就不会有这种境界了。

只有开始从妄想执着融化的人，才会懂得什么叫慈悲、什么叫澄明、什么叫柔软，逐渐走向圆融的智慧之路；当我们真正融化，就不会贪求、占有、嫉妒、暴力或躁进，我们的不幸和痛苦也会因而融解，得到轻松、自在、和谐的自由之心。

我喜欢里尔克的一首短诗，他说：

> 我一人不能独存，
> 在我面前行进
> 并从我身边流开的许多人，
> 都在缠绕，
> 在缠绕
> 那是我的我。

呀，因为我们生而为人，任何人的死都会使我损失，任何人的欢欣都会使我高兴，任何人的智慧都使我得到开启……因为我是人的一分子，我融化了。

让我们一起融化吧！让我们化入水中，不坚守自己的寒冰，让我们剖开生命大树的种子，看看一株树本体的奥秘吧！

让我们，彼此彼此，彼此彼此，互相融化，如光与光交错，灯与灯互相照亮吧！

越来越亮的双眼

从前，在阿拉伯，有一位性情凶残的国王，他非常憎恨女人，每到了夜晚，都要杀死一个妃子来发泄他的愤恨。

国王身边的大臣都对国王感到忧心如焚，却也无法可想。当时的宰相有一位聪明非凡的女儿，她从父亲口中知道了这件事，决心要去救助那些无辜的宫妃，以及那位凶残的国王。

她征得了父亲的同意，自愿入宫做国王的妃子。

在宫中，她每天晚上都为国王讲故事，又故意不把故事说完，让国王悬念着故事的情节，无心去杀人。

这样，连续地过了一千零一夜，凶残的国王终于有所感悟，从此停止杀人。少女不仅拯救了无数的宫女，也拯救了国王。

我很喜欢这个阿拉伯的传说，现在我们熟知的《天方夜谭》（或称《一千零一夜》）童话，就是那位聪明而仁慈的少女为国王讲的故事，这些故事最动人的有《阿拉丁与神灯》《辛巴达历险记》《阿里巴巴与四十大盗》《魔毯》《钻石少女》《飞天木马》

等等。

我们仔细读这些故事，会发现它重复地向我们诉说：仁慈与真情的人最后会得到圆满；人应该点燃自己的神灯，做自己的主人，免得为恶灵所主宰；心灵是非常庞大的，可以无限地飞翔；最刺激的冒险最后也比不上身心的安顿；以及善有善报，恶有恶报的因果关系，等等。

《天方夜谭》的美丽传说，使我想起在密宗也有一个类似故事：密宗的大护法嘛哈噶拉（Mahakala）原来是极为愤怒的神，他是黑色显现愤怒之相，他的红发如火竖立，传说他夜游人间，食人血肉，所到之处一定风雨大作，雷电交加，冰雹如石，观世音菩萨为了感化他，示现作为他的妻子，使他震动开悟，终于成为极有威力的护法神。

从类似的故事，使我们知道要拯救憎恨、愤怒，最有力量的是纯粹的悲心，在悲心的感召下，我们仿佛看见了阿拉伯国王和嘛哈噶拉那越来越亮的双眼。这双逐渐开出光芒的眼睛，一只是因于智慧，一只则是由于慈悲——我们可以这样说，智慧是慈悲之门，而慈悲是智慧之钥，两者是不可分离的。

在佛教，特别是禅宗，由于强调开悟、强调空，往往使人认为佛教是主智的宗教，像达摩祖师将传心作为禅的核心，并说心只能以禅定才能把握，这常使人误以为心是静止的。到了六祖慧能，为避免静止的理解，把禅的核心强调为"见性"，是"定慧一体"。

不管是"调心"或"见性"，都容易让人感觉禅的空性智慧里面没有"慈悲"的特质，这是非常可惜的，其实，禅里也讲"大用"、讲"圆满",其中有无限的慈悲。如果没有这种"业响随声"的大悲,就会失去宗教体验的精髓,失去智慧的洞见,当然就失去了禅宗,乃至佛教的精神了。

我们可以举赵州从谂禅师的几个例子,来看禅心中大悲的一面。

有僧问赵州:"像你这样的圣人,死后会到何处去?"

赵州说:"老僧在汝众人之前入地狱!"

问的人感到十分震惊,说:"这如何可能?"

赵州毫不迟疑地说:"我若不入,阿谁等着救度汝等众人?"

——我们最赞叹地藏王菩萨入地狱的大悲行愿,赵州则表达了禅师的本愿与菩萨无异,他开启禅心完全没有自私自利的动机。

有婆子问赵州:"婆是五障之身,如何免得?"

赵州说:"愿一切人升天,愿我这婆婆永沉苦海。"

——禅宗与众生是同一不二,所以他具有菩萨"无缘大慈、同体大悲"的心情,他为了知悉众生的苦难,因此愿意比众生承受更大的苦难。

一日有僧访赵州,问:"久向赵州石桥,到来只见略约。"(略约,就是摇摇晃晃的意思)。

赵州说:"汝只见略约,且不见石桥。"

僧又问:"如何是石桥?"

赵州说:"度驴度马。"

——赵州寺院前的石桥是让驴马走过的，赵州把自己比作石桥，象征了修行者把全身心奉献给别人，尽管受驴马践踏，也毫无怨言。铃木大拙谈到这个公案曾有这样精到的评述："对赵州石桥来说，不仅驴马从上面经过，现在还包括重型卡车和火车等运输工具，它都愿永远荷载它们。即使它们滥用它，它依然悠游自得，不为任何骚乱所动。'第四步'的禅者正像这桥一样，他不会在左脸被打后再转过右脸去让人打，但他会为人类同胞的福祉默默地工作着。"

有人问赵州："佛是觉者，又是人天的导师，他是不是已免去一切烦恼？"

赵州说："不，他有最大的烦恼！"

"这如何可能？"

赵州说："他的大烦恼就是要救度一切众生！"

——佛是最究竟的圆满，也是禅者"见性成佛""即心即佛"的最上境界，可是在佛的最后并非一无所有，在佛之后还有众生，这说明了大悲植根于大智之中，而大悲也是大智最灿烂的花朵。

赵州的禅风如今还吹拂着我们，象征了真实的禅心是不能离开慈悲的，即使是涅俗之境，也有慈悲的本质。在无著菩萨的《摄大乘论》中曾把大乘的清净分为"离垢清净"和"本性清净"两个层面，离垢清净是舍迷求悟，是步向大智之路，而有了大智慧的人，当发现众生本性清净，而这种"始净"或"本净"里面本来就有慈悲。

所以，一个真正的"觉者"，一定是体验了无常与无我的人，认识了宇宙为缘起性空的无常，才能体现智慧；知悉了在无我空性中众生平等，就能有自然的慈悲。

对于修行者而言，"觉"不是一个终结，也是相对的开始，因而，佛或者禅所体验到的空，不是虚无的空，而是人和一切事物任运无碍的圆满。

空，是清净，是无碍的大智，也是圆融的大悲。

没有恶，就没有善；没有真空，就没有妙有。在宇宙万有中，一切看起来各自独立，其实是相互依赖的。当宰相的女儿去做阿拉伯王的妻子时，她是解救那无辜的宫妃，但这解救的根源是要开启凶残国王的智慧与悲心，要解救善先拯救恶，这是多么值得深思呀！

禅宗里常把觉悟者称为"人天眼目"，是三界的眼睛，在这眼睛中智慧与慈悲是一对的，一个人走向开悟之路，是有着"越来越亮的双眼"，是净化眼目的开始，若偏向于智或悲，就会使眼睛蒙尘，使我们不知道此刻的生活便是永恒的显示，也会使我们忘记如果没有普遍解脱，自我的解脱便失去了意义。

真正的禅是具足的，它的本质是悟，真正的悟，是智在悲中，悲在智中，如雨之于水，不可分离。

我与我自己的影子

释迦牟尼佛住在祇园精舍的时候，有一天吃过饭在花园散步，智慧第一的舍利弗随行在后面。

这时，天空有一只老鹰追逐鸽子，鸽子便飞到佛陀的身旁躲藏，正好被佛陀的影子覆盖，躲在佛陀身影里的鸽子不再害怕不安，静静地蹲伏在那里。

不久，舍利弗跟了上来，影子覆盖在鸽子身上，当他的影子投射在鸽子身上的那一刹那，鸽子立刻不安、害怕得发抖，还发出咕咕的叫声。

舍利弗觉得很奇怪，就问佛陀说："世尊！您和我都已经是断了贪嗔痴三毒的解脱者，为什么鸽子在您的影子里便不再恐怖，不出一点声音。而一被我的影子遮蔽，立刻就不安颤抖地叫起来呢？"

佛陀说："你虽然解脱了，但是你的三毒微细的习气还没有完全断除，这习气未断尽是因为智慧没有圆满的缘故。要不然，你可以用你的神通观照这只鸽子的宿世因缘，看它的前世是什么。"

于是，舍利弗立即用宿命智慧三昧，看到那只鸽子的前世还是一只鸽子，再往前观照，一、二、三世，一直到八万大劫之前，这只鸽子一直反复投胎做鸽子，到八万大劫再往前，则不知道了。

舍利弗从三昧中出来，对佛陀说："这只鸽子八万劫来都是鸽身，再以前，我就不知道了！"

佛陀说："你既然不尽知这只鸽子的过去世，那么，试着看看它的未来世吧！"

舍利弗又入愿智三昧，看到鸽子未来的一、二、三世，直到八万大劫，都未能超出在鸽类中轮回。他使尽定力，再也无法知道八万大劫以后的情形，于是，他出定向佛陀报告在三昧中所见的情形。

佛陀说："这只鸽子在八万大劫后，再于恒河沙一样的大劫中常做鸽身，然后在五道中轮回，才转生为人。再经过五百世才有了利根，信仰佛法，受了五戒。然后在经过长达三阿僧祇劫的时间行六波罗蜜、十地具足，最后成佛度化无量的众生而进入涅槃。"

舍利弗听了佛的说明后，非常惭愧，向佛忏悔说："我对一只鸟尚不能知道它的本末，何况是诸法的实相？我现在知道佛的智慧这么广大，为了能有佛的智慧，宁愿入阿鼻地狱接受无量劫的苦，不以为难！"

这个记载在《大智度论》中的故事，说明了阿罗汉虽然解脱了烦恼，其微细的习气并未完全断除；此外，在智慧的圆满、大小也有很大的不同。舍利弗号称智慧第一，却用尽了一切神通、智慧、定力，还不能完全知道一只鸽子，佛陀在气定神闲中则了了常知，两者何异天壤！所以，龙树菩萨下结论说："舍利弗不是一切智慧，在佛的智慧里，舍利弗的智慧恍如婴儿！"

我更感兴趣的是，在这里以"影子"作为譬喻，实在有很深刻的意义。人的影子固然没有实体，却是身心延伸的一部分，成就者的影子虽是空幻，却有伟大的力量使众生处在定力之中得到安稳，佛菩萨的佛号、心咒、加持、护念等等，也是梦幻泡影一样，可是正如影子覆盖鸽子，有其内在的不可思议的力量。

与影子连接的是身体，与心相比，身体是与影子相同的东西，都是空幻不实的，是"四大本空，五蕴非有"的。要观见我们的自心，就要穿透身体与影子，这是学佛的人都知道的。可是从上面的故事我们更了解到，身体与影子仍是修行者的一部分，不但要做到心清净，也要身口意清净。最后则连影子也柔软清净，有平和的力量。

我们不要小看舍利弗，在舍利弗影子下的鸽子只是不安、颤抖、呼叫，并没有逃走飞远。如果是我们呢？鸽子被我们影子遮住的那一刹那，反应可能会与被老鹰追杀一样激烈，因为我们不但有习气、有烦恼、有三毒，甚至连杀心都还没有断除呢！这样想来，不只是忏悔、惭愧，还要发起更精进的心。

心，是我的自性、是我的身体、是我的影子，这三者是不可分的，我们的一切只是随其延伸罢了。因此，我们照顾那看来空幻的影子与身体，也都是在检点真实的心。关于这种检点，净土宗的莲池大师说得很好，他说：

人处世各有所好，亦各随所好以度日而终老，但清浊不同耳。至浊者好财，其次好色，其次好饮；稍清则或好古玩，或好琴棋，或好山水，或好吟咏；又进之，则好读书，开卷有益，诸好之中，读书为胜矣！然此犹世间法；又进之，则好读内典，又进之则好净其心，好至于净其心，而世出世间之好最胜矣！

风从哪里来?

在《景德传灯录》里记载,六祖慧能在南方避难很多年后,有一天来到南海法性寺,晚上就在走廊上打地铺。突然吹来阵阵夜风,把寺庙里的刹幡吹得喇喇作响,有两名和尚看见了就争论起来。

一个说是"风动",另一个说是"幡动",争了半天没有结果,六祖看他们争得满头大汗,就说道:"风幡非动,动自心耳!"

寺里的方丈印宗法师听见了,大吃一惊,请他到方丈室,问取风幡之意,知道慧能是非常人。一问之下,才知道六祖在眼前,立即执弟子之礼,请受禅要,六祖的禅风就从这时起大为兴盛。

"风幡非动,动自心耳!"也有许多经书写成:"不是风动,不是幡动,是仁者心动!"译成白话则是:"动的不是风,也不是幡,而是我们的心啊!"

这个故事非常有趣,因为对眼睛而言,看到旗子动是一种"真的现象",而使旗子动的因是风,风却是不可见的,风如果不动,旗子也不会动,旗子如果不动,眼睛不会随之而动,而驱使眼睛去看的根源则是心呀!

如此追究起来,动相都是虚幻不实的,它随着因缘变灭,缘起时动了,缘灭时就静了,并没有一个实体。所以并不是说风不动或幡不动,而是在风与幡飞扬的时候,唯有不动的心可以检验它,如果心随着动起来,就会随风、随幡而散乱了。

为什么不是风动,不是幡动,而是心动?

因为风是非常柔软的,幡也是非常柔软的,但是有一个东西比这两者更柔软,就是自己的心。心如果柔软,就可以简单地检视风的动或幡的动,心如果刚强不清明,看到风动就是风在动,看到幡动就是旗子在动,就不能保有觉性了。

在佛经里,经常用到"风"的意象,例如佛经里说到,宇宙的四大元素:地、水、火、风,各具有坚、湿、暖、动之相,凡是有动相,都是风。人身也是由地、水、火、风所合成,人的出入息和身体的转动都叫作风。

这种意象最有名的就是"八风",八风又叫"八法""八世风":

一、利:利乃利益,凡有益于我,皆称为利。

二、衰:衰即衰灭,凡有减损于我,皆称为衰。

三、毁:毁即毁谤,因恶其人,构合异语,而讪谤之。

四、誉:誉即赞誉,因喜其人,以善言赞誉。

五、称:称即称道,因推重其人,在众中称道其善。

六、讥:讥即讥诽,因恶其人,本无其事,妄为实有,对众明说。

七、苦:苦即逼迫的意思,是说遇到恶缘恶境,身心受其逼迫。

八、乐:乐即欢悦的意思,是说遇到好缘好境,身心皆得欢悦。

这八种法因为能牵动我们的爱憎、"煽动"人心，所以叫作"八风"。一般凡夫不能免于被八风吹动，甚至倾倒，唯有安住正法，不为八风所惑乱的人，才可以做到"八风吹不动"。

我们的身心只是一面幡旗，在利衰毁誉称讥苦乐加身的时候，我们就随之飘动了，并且只要有风，我们的飘动就永远无止期。

那么，风从哪里来？

风是从无始劫以前的生死吹来的，叫作"业风"。

《大乘义章》里说："业力如风，善业风故，吹诸众生好处受乐。恶业风故，吹诸众生恶处受苦。"以风譬喻业力，且说众生因善恶业力漂流在生死的大海中，就像风吹枯业或船舶一样。

当业风吹的时候，我们不能阻止风，只有从心来止息，使心不动，那么，"于苦不倾动，于乐不染着"，不管吹来的是什么风，也都不要紧了。

宇宙的风是永远不会停息的，它从很远很远的地方吹来，吹向很远很远的地方去。此刻我被吹着了，让我坦然地迎向风，用一种无为的姿势。这使我想到日本密教祖师空海大师的两句动人的话：

> 不要制止风，愿将此身化为风；
> 不要制止雨，愿将此身化为雨。

呀！无所从来，亦无所去，是名如来！

时空寄情

拜《梁皇宝忏》时，在每一段礼佛之后，都会礼拜两位菩萨，一位是观世音菩萨，另一位是"无边身菩萨"。

观世音菩萨是大家熟知的，无边身菩萨却不是这么有名，据说他是阿弥陀佛接引往生净土的人，随行的二十五位菩萨之一。

我第一次诵到"无边身菩萨"的名字，心头震了一下，就好像第一次听到"无尽意菩萨""虚空藏菩萨""无量慧菩萨"等菩萨的名字一样，有着景仰而且浪漫的联想。

没有边际、不可斗量，这是佛教对时空的看法，它并没有一个断灭的相，所以，从很远很远以前而来的轮回叫作"无始劫"，而能使我们顿然从无始劫得到解脱的阿弥陀佛，叫作"无量寿佛"，至于那不可知的未来，则是说"尽未来际，无有穷尽"。人能投生到净土，是投生到"无量光明"里去，反过来，如果堕落到最有悲苦的地方则叫作"无间地狱"。

佛教的时空观点是非常广大的，相对起来，人的身命就十分渺小，在轮回生死大海中浮沉的我们有如一粒浮沤，抬眼看到宇宙的无限广大，我们则有如一丝微尘。

法界是如此广大无边，在《大乘本生心地观经》里说：

> 诸佛体用无差别，如千灯照互增明；
> 智慧如空无有边，应物现形如水月。
> 无边法界常寂然，如如不动等虚空；
> 如来清净妙法身，自然具足恒沙德。

那是在说明成正觉的佛陀，他们的智慧是以无边的法界为内容，有着无边无量的智慧。也是说明了佛的佛智、佛德、佛法广大无际，在《华严经》里说：

> 无尽平等妙法界，悉皆充满如来身；
> 无取无起永寂灭，为一切归故出世。
> 诸佛法王出世间，能立无上正教法；
> 如来境界无边际，世间自在称无上。

佛的智慧、慈悲、愿力是无限量的，遍满过去、现在、未来，十方三世一切法界。可是菩萨就不同了，他不能像如来那样广大，于是面对时空之无边，有时会益见自己的渺小、无能，与无奈。

"菩萨"是"菩提萨埵"的简称，"菩提"，是"觉""智""道"的意思，"萨埵"则是"众生""有情"之意。因此，菩萨是"大觉有情"，以智上求无上菩提，以悲下化众生修行各种波罗蜜行。

在法界里，菩萨的范围是有限的，以轮回说，菩萨的身命是有限的，可是，菩萨用慈悲、智慧、愿力、实践来使自己通向无尽的世界，像无边身、无尽意、虚空藏、无量慧等菩萨都是这样的吧！寓无尽于有限之中，有限则成为无尽，于是，"虚空有尽，我愿无穷"。

时空虽是无边的，但菩萨是"在无限的时空中寄情的人"，他的情由缘而起、因愿而生；他的情以智慧为胜，以陀罗尼为总持，故能投身于尘世而不染于世尘；他的情以大悲心与大慈心为本质，他爱念一切众生，随其所求而饶益，拯救拔济，使众生离开苦难。

在大时空中，菩萨留下一丝有情，希望有缘无缘的众生都能牵住这条能断而不愿断的金丝走向菩提之路。

在那如明镜照像，如大河长流不生不灭、不断不常、不一不异、不来不去的情感里，菩萨找到安身立命的所在。

在尘世的污浊中，菩萨的大有情是一道净光。

在日下的江河里，菩萨的大有情是中流砥柱。

在举世争逐堕落的世界，菩萨的大有情是超越与拯救之力。

让我们也寄无尽之意、无边之身、无量之慧于有限的时空之中吧！

这样想着，我念"南无无边身菩萨"的名字时，心中开朗而广大，觉得如来的足迹并不是那么渺不可得，而菩萨的慈悲也如在目前了。

半梦半醒之间

去买闹钟的时候，钟表店的老板建议我买一种"懒人闹钟"。

"什么是懒人闹钟呢？"

"懒人闹钟是为了懒人而设计的，一般闹钟响时只有一种声音，懒人闹钟响的时候，节奏由慢而快，由缓而急，到最后会闹得人吃不消；一般闹钟一按就停，懒人闹钟按了不会停，每隔五分钟它就会再响起来，除非把总开关关掉。"老板边说边从橱柜中取出一只体积很小的电子钟，示范给我看。

"什么样的人会买这种懒人闹钟呢？"

"一般人都会买呀！因为大家对自己都不是绝对有信心的，特别是冬天的清晨要起床真不容易。"

"可是，如果他起来把总开关关掉，这闹钟还是没有用。"

"对呀！对于真正的懒人，再好的闹钟也没有用，闹钟是给那些介于半梦半醒之间的人使用的。"

与我一向熟识的钟表行老板，讲出这么有哲理的话，令我颇为惊异，于是我接着问："什么是半梦半醒之间呢？"

老板说："一个人刚被闹钟唤醒的时候，就处在半梦半醒之间，如果一听到闹钟响，立刻能处在清醒的状态，这种人在佛教里叫作'慧根'，如果闹钟怎么叫也叫不醒，甚至爬起来把总开关关掉，这种人叫'钝根'。一般人既不是慧根，也不是钝根，而是'凡根'。所谓凡根，是会清醒，会迷失，会升华，也会堕落；是听到闹钟响时，徘徊挣扎在半梦半醒之间。对这样的人，一个好闹钟才是有帮助的。在半梦半醒之间的人，是比较易于再入梦、不易于醒来的，这时需要一再地叮咛、嘱咐、催促，懒人闹钟在这时就能发挥它的效益。"

真没有想到钟表行老板是一个哲学家，最后我就买了一只懒人闹钟回家。每天清晨闹钟响的时候，我总是想起老板所说的话，口念"阿弥陀佛"，立刻跃起，关掉闹钟的总开关，开始一天的工作，因为我希望做一个有"慧根"的人。

过了一阵子，我买的懒人闹钟竟坏掉了，拿去检修，查出来的原因是，由于太久没有让它"闹"，最后这闹钟竟不会闹了，老板说："电子的东西就是这样，你没机会让它叫，过一阵子它就不会叫了。"

回家的路上，我想到，如果依"慧根、钝根、凡根"来推论，一个有慧根的觉醒者，长久不让妄想、执着有出头来闹的机会，最后就会连无明习气都不会叫了。

其实，"凡心"与"佛心"并无差别，凡心是迷梦未醒的心，佛心是长睡中悠悠醒来的心；凡心是未开的花苞，佛心是已开的花朵。未开者是花，已开者也是花，只不过已开的花有美丽的色彩，有动人的香气，能展现春天的消息罢了。

我们既没有慧根能彻底地觉醒，但我们也不是完全迷梦的钝根，我们一般人都是介于梦与醒的边缘，都是在半梦半醒之间，就在此时此地的生活里，我们不全是活在泥泞污秽的大地；在某些时刻，我们的心也会飞翔到有晴空丽日、有彩虹朝霞的境界；偶尔我们也会有草地一般柔美、月亮一样光华、星辰一样闪烁的时刻，有一种清明的态度来看待生命。

那种感觉，就像清晨被闹钟从睡梦中唤醒。

可惜复可叹的是，当闹钟响过之后，我们很快地会被红尘烟波所淹没，又沦入了梦中。

醒是好的，但醒不能离开梦而独存；觉是好的，但觉也不能离开迷惘而起悟。

生活中本就有梦与醒、迷与觉的两面，人在其中彷徨、挣扎、奋斗、追求，才使生命的意义、永恒的价值在历程中闪闪生辉，这是为什么达摩祖师写下如此动人的偈语：

> 亦不睹恶而生嫌，
> 亦不观善而勤措；
> 亦不舍智而近愚，
> 亦不抛迷而求悟。

人生的不完满并不可怕，人投生到有缺憾的婆婆世界也不可怕，怕的是永远迷途而不觉，永堕沉梦而不惊；怕的是在心灵中没有一个闹钟，随时把我们从无明、习气、妄想、执着中叫醒。

我们从睡梦中醒来的时候，向人宣说梦境，《般若经》说这是"梦中说梦"，因为人生就是一个大梦，睡眠中的梦固是虚假不实，人所走过的生命何处能寻找真切的足迹呢？《入楞伽经》中，佛说："诸凡夫痴心执着，堕于邪见，以不能知但是自心虚妄见故。是故我说一切诸法如梦如幻，无有实体。"——一切诸法无有实体，如梦如幻，梦幻本空，悉无所有，凡夫执着于我，所以沉沦于生死大海中轮转不已，迷梦也就无法终止。

梦中还有梦在，这是生命的遗憾，而觉中还有觉在，则是生命的幸运。

觉，是"菩提"之意，是对烦恼的侵害可以察觉，对无明昏暗能明朗了知，心性远离妄想，而能照能用，做自己的主宰。

幻化如花，花果飘零之后，另外的花从哪里开呢？

梦境如流，河水流过之后，新的河水由何处流来呢？

《圆觉经》里说：

一切众生种种幻化，皆生如来圆觉妙心，犹如空花，从空而有，幻花虽灭，空性不坏，众生幻心，还依幻灭，诸幻尽灭，觉心不动。

在落花的根部、在流水的源头，有一个有生机的、清明的地方，只要我们寻根溯源，就能在那里歇息了。

善男子！善女人！在半梦半醒之间，让我们听着心的闹钟吧！一跃而起，走向清净、庄严、究竟之路。

最真的梦

这个世界最真实、最深刻的梦想，就是人对于"我"的执着。

每天早晨清醒的时候，"我"就开始发挥作用了，我要吃东西、我要工作、我要上厕所。接着，我的势力范围就划定了，这车子、这房子是我的，这工作、这部属是我的，到处都是我的东西。

即使是独自一人，也很难让我们抛开"我"，行为、言语、思想到处都是我的色彩，我思故我在、我言故我在、我行动故我在，透过这些我才是真实存在着的。

到了晚上睡觉，则是"我累了，我需要休息"，夜里不能控制地做了我的梦，醒来发现一切都是虚妄的。

因为有"我"，活着就有很多的烦恼，要为自己的肚皮、享乐、需要服务，四处奔波，但是，"我"永远没有满足的时候。

因为有"我"，死亡之际有许多恐惧，一方面担心"我"会永远消失，另一方面则舍不下花许多力气所积聚的事物。

因为有"我"，得之则喜，失之则忧。

我执，是一切贪心、嗔恨、愚痴的根源。

很少很少人会思考"我"的问题，例如我是真实的吗，我的哪一部分最真实？例如我在宇宙时空中到底占什么样的位置？例如我何所从来，何所从去？

当然，"我"不可能是假的，因为我是如此真实，受伤了会痛，工作了会累，肚子饿了会难受。会哭、会笑、会欢喜、会生气。

可是，"我"也不是那么真实，我会长大、会老化，似乎没有一刻是相同与恒常的。我也时常在工作、娱乐、睡眠时沦入忘我的状态，根本忘记了我的存在。而且我知道，如果把我的皮肉、骨髓、呼吸、水分还给这个世界，我的色身失去，我的执着就不真实了。

我不会永远活在这个世界，因为人的寿命有限，我也不能例外。可是似乎我的色身离开这个世界，我也不是完全归于空无。

那么，"我是因何而生？我是因何而灭？生灭之后是否还有生灭？"是每一个有智慧的人都会问的问题，依照佛教的说法，人是从因缘而生的，在某一个时空中，由色、受、想、行、识的习气，汇聚了眼、耳、鼻、舌、身、意，假合了地水火风空就形成了我的人身，等到因缘尽了，四大毁坏，一切都归于空无，只留下在种子里的识，等待下一个因缘的会合，如此不断地成住坏空、生住异灭、生老病死，就是轮回。这也是佛教说"无始"的原因，因缘的轮转会合，并没有一个开端。

因而可以这样说：在因缘的本质里，"我"是一个假合，可是在感觉的表相上，我是真实的。

再进一步，我们可以认识到：那时刻在变灭的眼、耳、鼻、舌、身、意，并不是真正的我，从小到大我的眼、耳、鼻、舌、身、意不知道已改变多少，可是我还是我。因此，把这些东西粉碎解散后，一定还有一个"我"在。

不只"我"是因缘所生，连一朵玫瑰花也都是的，玫瑰花若不叫玫瑰花，它也长同一个样子，也一样的香。但是在玫瑰花谢了后，我们不能说没有玫瑰，只能说玫瑰是因缘的假合。此所以玫瑰年年开，劈开玫瑰树却是一无所见。

众生不能明白"我"是假合，因此产生很多"我"的毛病、"我"的问题，例如：

我执：由于对我执着的习气长久熏气，因此对世界起差别心，这种"我执"的种子，是后世得到各种不同果报的原因。

我见：执着"我是实有"的妄想见解，使我们惑业缠身，不得解脱。

我爱：深生爱着于一己的妄执自我，是人生的根本烦恼，因为我爱，所以我贪，由于贪则深生耽着，无法超越。

我痴：一切疑惑障碍都以愚痴为前导，因此我痴是一切无明烦恼之首。"我痴"就是愚于我相或迷于无我之理的人。

我相：虽然实相的"我"是没有实体的，可是凡夫总是误认实有而执着，这种执着产生了爱我轻人的妄情，甚至发现出我的相状。

我妄想：执着于我的虚妄颠倒之心，来分别诸法之相，产生了谬误的分别，不能如实知见事物。以情生著，则成系缚；若离妄想，则无系缚。

这是多么可悲，凡夫不知道迷界的真实相，而在世间的无常里执常，在诸苦中执乐，在无我上执我，在不净处执净。颠倒妄想就是这样而生的，一个人唯有破了我见、我执、我爱、我相，才会有真实的般若，所以《金刚经》里才说：

无我相、无人相、无众生相、无寿者相、无法相，亦无非法相。
如来说我者，即非是我，是名为我。

在梦中有梦，在身外有身，我们知道夜里睡眠时的梦是不真实的，那是因为我们有醒来的时刻，若不醒来，梦则似真。我们不能体验"我"是一个梦，可能是所有梦中最真的梦，那也是因为我们没有醒来的时刻，一旦醒来，我只是一场梦！

所以，人要有醒来的志愿，有醒来的勇气与决心，才不会永远在梦里沉沦而不自知呀！

梦醒时分

证严法师曾说过一个故事：

有一位七十四岁的老人，每天清晨都出去扫地，打扫别人家的门口，因此每个人看到他都非常欢喜。

有一天，几位年轻人问他说："老伯，您今年几岁了？"

他说："我四岁。"

那些年轻人以为他脑筋不正常，再问他一次，他还是说四岁，年轻人只好问他说："您今年是七十四岁？还是八十四岁？"

那位老人回答说："论年岁，我是七十四岁，但论真正的做人，我只有四岁。"

年轻人问他："这是怎么说呢？"

他说："我七十岁以前迷迷糊糊过人生，不识道理，只是众生之一；但自我听了道理之后，迄今四年，我才懂得为人群服务，才深深感觉到自己是在真正地做人，所以说我只有四岁而已。"

法师最后下了结论："能体会佛的道理，才是真正出生的日子。"

学习佛法的人喜欢讲"开悟"，把开悟当成深远不可捕捉的情境，但是，如果把开悟摆在那么高深的境地，绝大部分人穷其一生也难有开悟的经验。

证严法师的故事给我们从一个新的观点来看开悟，落实到生活上，开悟的最初步就是"觉非"，觉察到过去行为、语言、思想的错误加以修正，就是开悟的基础，所以说，"修行"的最初步是"修正自己的行为"。

这时候，人有一个清明的心，来做自己身口意的主宰，有如从梦中醒来一样。

一个人在梦中所经历的，不管是多么真实，都是处在虚妄与迷惘的状态，在梦中完全失去主宰自我的意识，只是随境流转，不能自己。因此，每一次从梦中醒来，都是一个全新的开始。

当人不断地"觉非"，不断地"修正行为"，慢慢地就走向正法，走向究竟开悟之路。

这个世界也有人的梦是不醒的！不知道从哪里来，迷迷糊糊投生到这个世界，熙熙攘攘地过了一生，最后，糊里糊涂地离开这个世界，投入另一个不可知的迷梦之中。

开悟，即是"醒转"，是把迷梦反转，觉悟真理的实相，进而证见真理，断除烦恼的扰乱，圆具无量妙德，身心自在。

只要一个人"开佛知见"的那一刹那，他就算从漫漫长夜醒来了，仿佛在沉睡中突然听到闹钟的声音，站起来做一天的工作，明明白白做自己的主人。

悟了以后的人还是要好好地生活与工作，就像醒来的人要生活与工作一样。不同的是，悟了的人，有一个更开阔的心胸，有更明晰的智慧之眼，以及更广大的慈爱，来对待自己的人生，对待这个世界。

我很喜欢佛经里对菩萨的另一个称呼叫"开士"，"开"有"明"与"达"的意思，不仅慈悲智慧大开，还能指开正道来引导众生。凡夫在时空的轮转中突然张开心眼，就成了"开士"，这样一想就忍不住自问：每天梦醒时分张开眼睛的那一刹那，我的心眼是不是也随着张开呢？

究竟的证悟虽然很渺茫，可是从"觉非"而言，悟出自己的人生大道也并不远，每次想到七十四岁的老人自认只真正活了四岁，我就会自问："我今年几岁了？"

跟着感觉走

　　看见美丽的景象，听到悦耳的声音，闻嗅优雅的香气，品尝美味的食物，穿上舒适的衣服，想象快乐的情景，都会使我们生起欢喜的心，这种由于内外刺激到感觉器官而产生的意识作用，就叫"感觉"。

　　凡是众生，都喜欢跟着感觉走，感觉好就欢欣，感觉不好就颓丧；为了满足感觉，我们的一生都在追逐，有了很好的东西，还要贪求更好的；万一不能得到满足，就产生嗔恨；贪心与嗔恨使人盲目，就做出许多愚痴的事。

　　对于感觉的执迷，是众生贪、嗔、痴、慢、疑的根源，贪、嗔、痴、慢、疑五种毒素长久熏习浸染，就会造成无明，迷障我们的本心，无明的迷障是我们一再轮回于宇宙之中，流浪于六道，飘零在三界的原因。

　　所以，感觉是堕入轮回的根本！

　　我们跟着感觉走，会产生什么结果呢？《地藏菩萨本愿经》

有一段经文：

地藏菩萨若遇杀生者，说宿殃短命报。

若遇窃盗者，说贫穷苦楚报。

若遇邪淫者，说雀鸽鸳鸯报。

若遇恶口者，说眷属斗争报。

若遇毁谤者，说无舌疮口报。

若遇嗔恚者，说丑陋癃残报。

若遇悭吝者，说所求违愿报。

若遇饮食无度者，说饥渴咽病报。

若遇畋猎恣情者，说惊狂丧命报。

若遇悖逆父母者，说天地灾杀报。

若遇烧山林木者，说狂迷取死报。

若遇前后父母恶毒者，说返生鞭挞现受报。

若遇网捕生雏者，说骨肉分离报。

……

说的是果报的可怕，却也让我们认识到，这些果报的原因就
是"跟着感觉走"。如果我们随着没有自主力、没有慧力、没有
定力的感觉进去了，就会亿劫轮回，永无出期了。

有了感觉，就有受想行识，就有爱恨情仇，就有受生的因，
就会一再地投胎，正如《楞严经》里说的："想爱同结，爱不能离，
则诸世间父母子孙相生不断。"

在感觉中，最强烈的是"感情"，人的喜乐或忧苦固然可以

因食物、衣着等基本需要而有不同，但真正的悲喜之根是感情和爱欲，要从其中得到超拔，非从转化拔除情欲不可，这种拨转，是由"感觉"进入"知觉"，最后"转识成智"，以至于圆满。

佛教里所称的"识"，就是"感觉"。

我们众生都具有眼、耳、鼻、舌、身、意六根（感觉的器官），这六根会因缘着色、声、香、味、触、法六境（六种对象），而生起六种感觉（六识）。六识里以"意识"统摄，做其他识的知觉与判断，可是当我们被六识推动时，通常只有"感觉"而没有"觉悟"。

因为，感觉的识是没有定相的，会因时间、空间、对象的不同而改变，同一个人，我们在前一段时间爱得要命，后一段时间却恨之入骨；我们的朋友在每一个阶段都不同；我们童年爱吃爱玩的事物，现在已经弃如敝屣了！

我们如是被识牵引，却很少人自知，正如《大智度论》里说的："如车有两轮，牛力牵故，能有所至。二世因缘，以成身车，识牛所牵，周旋往返。"我们的身体是车，感觉是牛，跟着感觉走就像众生受业牵引，轮回六道，不得解脱。佛教里还有"六窗一猿"的说法，认为人的六种感觉像六面窗户，里面有一只共同跳跃不定的猿猴（即是意识），意识有十个不同的名字，光是看这些名字，我们就能知道它的特质：第六识、意识、攀缘识、巡旧识、波浪识、分别事识、人我识、四住识、烦恼障识、分段死识——如果不是对于因缘的攀附、感念旧情、人我的爱恨，我们是不会如波浪在生死海中不断漂浮流动的呀！

不想再入生死、不愿再轮回的人就不能再跟着感觉走了，要开发第七识（末那识）、第八识（阿赖耶识），乃至摄论宗的第九识、真言宗的第十识等等，开发我们的心王，牵住那只猴子、驾驭那头牛，走向坦荡的菩提之道。

"末那识"大约相当于心理学所说的"潜意识"，这一识微细相续，不用外力，自然而起，恒与我痴、我见、我慢、我爱四烦恼相应，是"我执"的根本，如果此识执着迷妄就会造诸恶业，如果断灭烦恼，就能彻悟人法二空，所以又称"染净识""思量识"。

"阿赖耶识"有几种含义，以其为诸法根本，故称"本识"；以其为诸识中作用最强，故称"识王"；以其为宇宙万有之本，能含藏万有，存之不失，故称"藏识"；以其能含藏生长万有的种子，故称"种子识"。就是在我们剥开了一切"感觉"，脱落了一切"我执"之后的那个真真实实、清清白白的实我。

在这个时代，能思量理解生死问题的人很少，想要找到生死种子的人就更少了，大多数人跟着感觉走，随业流转，在生死大海中做波臣，流浪往复，永不休止，想来真是可哀的。

每次我在医院里看到初生婴儿吸第一口气时放声大哭，心里就感慨不已：又是一个新的生命，又要来一次生老病死，又要饿了吃、渴了饮、欲了爱、想了烦恼，被感觉的牛拉着在荆棘满布的路上奔波不停。什么时候牛车才能歇止呢？

人间山水

　　每次到民权东路的殡仪馆去送葬，走出来后我总会忧伤地看看天空，深深地吸一口气，虽然台北的空气并不干净，却使我觉得人能够深深地呼吸是值得欣慰的。

　　然后，我会慢慢地散步，或者走到附近的亚都饭店，在充满十八世纪欧洲风格的咖啡厅喝杯热咖啡。我总是想："好好地喝这一杯咖啡吧！百年以后我们都不会在这世界上了。"当然，依照轮回的观念，或许我们将来还可以深呼吸，可以看天色，可以喝到一杯上好的咖啡，可是百年之后的事谁知道？谁有把握呢？

　　喝完咖啡走出来，我就会想：好好地来迎接每一个今日吧！时间是多么的珍贵。真诚一点来对待我们的亲人和朋友吧！百年后我们就再没有机会说出心里的话。用一种清明与欢喜的心情来看看路边的树与天上的星空吧！有一天我们就会看不见了。

　　这世界上有许多事看起来遥远，事实上不远。就以民权东路来说吧，有荣星花园，因为风景优美，时常成为新婚夫妻拍结婚照的地方；再往前一点有恩主公庙，是许多人来求子嗣、求财富、祈求今生福报的地方；再往前走一点，则是市立殡仪馆了。这样子走一趟也不过是十几分钟的时间，每天都有人在生老病死，距离是多么的近。

在所有的宗教与法门中，都在启发我们对来生的追求，希望找到一条永恒的道路。可是来生与永恒是在我们这一期生命停止以后才开始的，谁能真切地把握它呢？这使我体会到禅师说"看脚下！""当下！"是有多么慈悯与透彻的观点。所谓"过去心不可得，现在心不可得，未来心不可得"，若不能正视眼前的现实，来生如何可得？

纵使是净土行者最重视往生，也还知道"不可以少善根福德，得生彼国"。善根福德就是此时此地的培植与承当。记得有人曾经问一个禅师说："要如何保持临终的正念，收到助念的功效而往生极乐世界？"禅师回答说："就是从现在开始正念，从现在开始为自己助念！"这是净土的修行，却是禅的风格，唯有珍惜现在，才是热爱生命的人最好的实践；只有现在被珍惜了，过去的回忆才会得到证明，未来的梦想才能实现。

饱食终日地思考"生命从何而来，死后要到何处？"对实际人生有何用意？现代的人往往忙得连早餐都忘记吃，常常烦恼到夜里为之失眠，都是对过去与未来有太多设想的缘故。因此，好好地活在现前的这一刹那，这是人最真实的生活。

我喜欢一休禅师的故事：有一天，一休路过一个沙滩，有几名渔夫前来央求他为一个死去的渔夫超度，原来是有一名渔夫去世，想要埋骨于附近的寺庙，依寺庙规定要十五两黄金才够，渔夫因为家贫只好举行水葬。

一休禅师很爽快地答应，他把渔夫的尸体搬到小舟上，将小舟驶到海上，大声地说："海底的鳞屑等水族，请洗耳聆听：本渔夫只要一息尚存，就要猎捕尔等的亲友，以养活妻小，延续露水般的生命，如今我阳寿已尽，我将把尸体沉入海底，此乃尔等为伙伴们报仇的良机，请吃我的尸骸吧！这就是吃或被吃的真正佛道。喝！"然后把尸骸扑通丢入海中。在返回岸上的时候，一休禅师说道："荒年时，把瓜子、茄子与淀川之水，直接地当作贡品。"

一休禅师死于八十八岁，临终的遗言是："朦朦三十年，淡淡三十年，朦朦淡淡六十年，临终时把粪拿出来献给梵天！"

人间的山水原就是这样美好，在我们梦想的国度中或者有更好的山水，可是如果我们连人间的好山水都不能认识，没有慧眼去看，极乐世界的好山水，如何去认识呢？

生命是苦难的，这是每一个稍有觉性的人都能体验的，可是看看海里的珍珠贝吧！珍珠贝在受伤的时候，会在受伤的地方逐渐形成美丽的珍珠。有珍珠贝的特质的人，在人生里受伤，往往能看见现世的虚幻，窥见生命深处的本质，这时，美丽的珍珠便会成形。心里的重创对有珍珠贝之质的人，反而能塑成最美的珍珠。

逃离生命的苦难乃不是禅者的要务，禅者的要务是使自己具有珍珠贝之质。

珍珠贝之质，就是保有清明的心性，在无事的时候，张开闭紧的壳，自在、舒放、自然地正视此刻的生命；而在创伤的时候，用柔软的心情来包扎伤口，塑造怀里那因苦痛与烦恼而形成的珍珠。

喝完咖啡，再次走过殡仪馆，心里便充满了祝愿，祝愿亡者能到更好的地方，祝愿未亡的人珍视今日的启发，成为有珍珠贝之质的人。这样想，忧伤便放下了，脚下虎虎生风，觉得能坦然迎接此刻的阳光。

惜别的海岸

在恒河边，释迦牟尼佛与几个弟子一起散步的时候，他突然停下脚步问："你们觉得，是四大海的海水多呢？还是无始生死以来，为爱人离去时，所流的泪水多呢？"

"世尊，当然是无始生死以来，为爱人所流的泪水多了。"弟子们都这样回答。

佛陀听了弟子的回答，很满意地带领弟子继续散步。

我每一次想到佛陀和弟子说这段话的情景，心情都不免为之激荡，特别是人近中年，生离死别的事情看得多了，每回见人痛心疾首地流泪，就会想起佛陀说的这段话。

在佛教所阐述的"有生八苦"之中，"爱离别"是最能使人心肝摧折的了。爱别离指的不仅是情人的离散，指的是一切亲人、一切好因缘终究会有散灭之日，这乃是因缘的实相。

因缘的散灭不一定会令人落泪，但对于因缘的不舍、执着、贪爱，却必然会使人泪下如海。

佛教有一个广大的时间观点，认为一切的因缘是由"无始劫"（就是一个无量长的时间）来的，不断地来来去去、生生死死、起起灭灭，在这样长的时间里，我们为相亲爱的人离别所流的泪，确实比天下四个大海的海水还多，而我们在爱别离的折磨中，感受到的打击与冲撞，也远胜过那汹涌的波涛与海浪。

不要说生死离别那么严重的事，记得我童年时代，每到寒暑假都会到外祖母家暂住，外祖母家有一大片柿子园和荔枝园，有八个舅舅，二十几个表兄弟姊妹，还有一个巨大的三合院，每一次假期要结束的时候，爸爸来带我回家，我总是泪洒江河。有一次抱着院前一棵高大的椰子树不肯离开，全家人都围着看我痛哭，小舅舅突然说了一句："你再哭，流的眼泪都要把我们的荔枝园淹没了。"我一听，突然止住哭泣，看到地上湿了一大片，自己也感到非常羞怯，如今，那个情景还时常浮现在眼前。

不久前，在台北东区的一家银楼，突然遇到了年龄与我相仿的表妹，她已经是一家银楼的老板娘，还提到那段情节，使我们立刻打破了二十年不见的隔阂，相对而笑。不过，一谈到家族的离散与寥落，又使我们心事重重，舅舅舅妈相继辞世，连最亲爱的爸爸也不在了，更觉得童年时为那短暂分别所流的泪是那么真实，是对更重大的爱别离在做着预告呀！

"会者必离，有聚有散"大概是人人都懂得的道理，可是在真正承受时，往往感到无常的无情，有时候看自己种的花凋零了、一棵树突然枯萎了，都会怅然而有湿意，何况是活生生的亲人呢？

爱别离虽然无常，却也使我们体会到自然之心，知道无常有它的美丽，想一想，这世界上的人为什么大部分都喜欢真花，不爱塑胶花呢？因为真花会萎落，令人感到亲切。

凡是生命，就会活动，一活动就有流转、有生灭，有荣枯、有盛衰，仿佛走动的马灯，在灯影迷离之中，我们体验着得与失的无常，变动与打击的苦痛。

当佛陀用"大海"来形容人的眼泪时，我们一点都不觉得夸大，只要一个人真实哭过、体会过爱别离之苦，有时觉得连四大海都还不能形容，觉得四大海的海水加起来也不过我们泪海中的一粒浮沤。

在生死轮转的海岸，我们惜别，但不能不别，这是人最大的困局，然而生命就是时间，两者都不能逆转。与其跌跤而怨恨石头，还不如从今天走路就看脚下；与其被昨日无可换回的爱别离所折磨，还不如回到现在。

唉唉！当我说"现在"的时候，"现在"早已经过去了，现在的不可住留，才是最大的爱别离呀！

往事只能回味

在乡下走过一家冰果室，突然从里面传来一个非常熟悉的声音：

> 春风又吹红了花蕊，
> 你已经也添了新岁，
> 你就要变心，
> 像时光难倒回，
> 我只有在梦里相依偎。

原来是一首老歌《往事只能回味》，是一位很甜美的歌星尤雅唱的。听到这首歌，使我站在冰果室的门口呆住了，仿佛刹那间沦入了时光之河。

在我读高中的时候，《往事只能回味》是全台湾最流行的歌，我们的学校在台南郊区荒僻的野外，附近没有几户人家，只有零星的杂货铺、面店、冰果室做学生的生意。记得学校北边围墙外的冰果室，几乎是天一亮就开始播放《往事只能回味》，循环往复，永无休止，一直到吃中饭时才歇息，等到我们午睡方憩，又开始"往事只能回味"了。

冰果室的老板娘是典型的迟暮美人，脸上总涂着厚厚的脂粉，听说从前是在特种营业退下来的，声音早已沙哑，可是她很偏爱这首《往事只能回味》，刨冰时也唱，洗碗时也唱，而且日日持续不断，有一些爱开玩笑的同学就给她一个绰号叫"往事只能回味"，于是出门时便有了这样的语言："我要去往事只能回味那里吃冰。""喔！请回味帮我做一碗红豆冰，带回来。"

由于"往事只能回味"那样爱唱《往事只能回味》，使这首歌几乎成为我们学校的校歌，老师同学没有不会唱的。那时正是兵荒马乱的高中三年级，有时唱起这首歌来真是百感交集，一点点欢欣，一点点感伤，以及许许多多的荒谬之感。记得第一次回去开高中同学会，有的人在读大学，有的人落榜了，情绪飘忽起伏，突然有一个同学说："我们一起来唱《往事只能回味》吧！"一时之间，情绪立刻统一，又回到少年一样，每个人的少年都有值得回味之处吧！

一年多前，遇到现在旅居香港的女同学，她颇感慨地说："哎！我们高中三年同学，在学校里竟没有说过一句话呀！"是的，我们的青春年华都葬送在读书考大学了，男女之间还有什么闲话呢？我说："你还记得'往事只能回味'吗？"她笑了："记得，记得，记得她的歌和她的人。"虽然，我们高中三年未说过一句话，十几年没通音问，也好像立刻成了好友，只因为有过一段共同的往事。

　　想起这些，走出乡下的小店，自己轻轻地唱了起来：

　　　　时光一逝永不回，
　　　　往事只能回味，
　　　　忆童年时竹马青梅，
　　　　两小无猜日夜相随……

　　唱着唱着，感觉时光已流走好远，只剩下冰果店老板娘那姹紫嫣红的笑脸，记得她也爱唱另一首《微笑的送你走》，里面有这样的句子："我只有这样微笑的送你走，把泪流在心头。"对于无情的时光，飞翔的往事，我们没有更好的态度，只有微笑地送走了。

卷二　曼陀罗

一朝万古，风月长空

　　释迦牟尼佛入灭七百年后，佛教出现了一位伟大的修行者龙树菩萨，他推展净土法门，入龙宫赏《华严经》，开铁塔传密藏，被称为"大乘显密八宗之祖"。

　　龙树菩萨有过放荡不羁的青年时代，后来经过非凡卓绝的修行而成为不朽的宗师。读龙树的传记令人心弦震动，生起伟岸的气概，他留下了许多动人的传说，我最喜欢的是他弘扬净土法门的一个故事：

　　龙树菩萨第一次读到《无量寿经》的时候，顿然有所会悟，涌现了无限喜悦，由于"法藏菩萨"（即后来的阿弥陀佛）伟大的四十八愿，使得不管罪障多么深重的人，也可以在苦海中得到救度。

　　龙树被《无量寿经》深深地撼动，当他看到了法藏菩萨深切的悲愿时，相信西方净土才是解救众生最快的法门，于是他渡过恒河，开始他对净土的教化。

恒河下游曾是佛法弘扬之地，但到龙树菩萨的时代（距离佛陀圆寂已经七百多年了），佛教已毁，佛陀走过的足迹都成为废墟，阶级及种族歧视又重新统治了印度。有一些人被看成低贱的，甚至不被准许穿衣服，以避免他们的衣服碰到别人，使人不净；他们的脖子和手上都被挂上金属片，走路时碰击出声，以便那些婆罗门、刹帝利等贵族听见了可以走避。这些低阶层的人从出生就自认低贱，从不敢正眼看人，被称为"不可触阶级"。

龙树菩萨看到这些长期受凌辱，俯匐着生活的"不可触阶级"，心里感到无限悲悯，对这些人来说，生命真的是苦呀！他们像狗一样在街上穿来穿去，生命就像蚊虫般微贱。龙树于是以他昂扬坦诚的声音向他们宣说净土法门，教他们凭靠阿弥陀佛的悲愿，走向极乐世界。

龙树的净土法门，使那些苦不堪言的人在黑暗中看见光明，就像溺水的人抓到浮木，有无数的人因为感动而牵着龙树的衣角悲泣。

愈来愈多的人一手拿食物、一手拿鲜花来供养龙树，甚至有一个人献出郊外的废墟，一群不可触贱民、首陀罗、流浪汉用双手为龙树盖了一座草庵，希望他长久住下来。

拥护龙树菩萨的人像潮水般从各地涌来，他树起了大乘佛法的旗帜，宣扬净土法门，使得各种阶级的人都来皈依他，甚至原来最反对他的小乘比丘，也有许多转来做他的弟子。

如睫毛护着眼睛

但是，龙树的教法显然使得原来享有特权的人受到威胁，担心阶级被破坏。有一天，三个强壮的人来找龙树，他们以凶恶的态度对付龙树。

一个人说："你已破了清高的佛戒，对无知的人们编造不存在的西方神话，如果不是妄语，又是什么？"

另一个人说："我们不知道什么无量光、无量寿如来，但在这苦难的世间，只靠念佛就往生是没有道理的，谁也没看过死后往生净土的情形，你不要再骗人了！"

第三个说："对呀！如果真有你说的西方净土，就叫阿弥陀佛来给我们看看！"

龙树被这样一问，也无法回答，因为龙树虽深信净土，他自己也没见过阿弥陀佛。而他的特质就是诚实，所以一时说不出话。

那三个人不但嘲笑龙树，还要动手打他，这时候，幸好附近的龙族酋长解救了他。

龙树的危难解除了，可是他记住了那三个人的话，在心里自问："难道阿弥陀佛的西方净土是虚幻的吗？""那光辉的极乐世界不是真实存在的吗？"

带着这些疑问，龙树离开草庵，独自跑到阴暗的山洞沉思观照，他想着，虽然自己相信释迦牟尼佛说的一切教法，深信西方净土，也深信十方世界的诸佛国土，但是总不能因自己的深信、热情、无私，就证明西方净土是存在的。"什么是佛？释迦牟尼说那么多佛与净土是为什么？""我每天向人介绍佛，自己却不认识佛，这不是妄语吗？"他的心来回挣扎，反复地自问。

这样子竟然过了五天五夜，他感到眼睛无比刺痛，用手揉着眼睛，等他把手放开，看见手指上粘了一根睫毛。

"呀！原来还有睫毛这东西！为什么以前不知道呢？"

突然，龙树菩萨震了一下，连这么近的睫毛都从未看过，谈什么西方净土？他随即跳了起来，原来西方净土不在另外的遥远之地，而在眼前，只是我们看不见罢了！佛陀与十方诸佛没有分别，净土与娑婆又有何二致？他深刻体验到佛陀的慈悲，在这个眼前的世界，佛是把自己的光辉隐藏，爱护我们一如睫毛护着眼睛，只是我们看不见呀！

于是，龙树大声地说："佛法是在提升生活的智慧，是为生命的希望而存在，在现世里有智慧、有希望，正是走向净土的道路。"

龙树菩萨后来成为大乘八宗共同的祖师，被称为"释迦第二"，他所著述的《大智度论》《中论》《十住毗婆娑论》，对大乘佛法影响至深。他后来八宗俱弘，与这一根落下的睫毛关系非常密切。

龙树菩萨的顿悟是很有禅味的，禅宗叫人"看脚下"，就是希望习禅的人以明见心地为要，应该一步步踏实前进，不要寄望那遥远的净土，这不是禅宗反对佛国，而是佛国正在脚下！这也是清凉文益禅师说的："毫厘有差，天地悬隔。"在这污浊的世界如果毫厘有差，净土或者佛性，就是天地悬隔了！

庭下苍苔有落花

宋朝有一位酒仙遇贤禅师，顿悟以后每天喝酒唱歌，用歌颂来教化道俗，警醒人应该照看眼前，他的诗歌别出一格，都是醉后的歌颂，也是自性的天然流露，他唱过这样的句子：

> 扬子江头浪最深，
> 行人到此尽沉吟；
> 他时若到无波处，
> 还似有波时用心。

——在无波的净土，与有波的五浊恶世都是同样的用心；在自性开悟时，与未见性时同样的努力！

> 贵买朱砂画月，
> 算来枉用工夫；
> 醉卧绿杨阴下，
> 起来强说真如；
> 泥人再三叮嘱，
> 莫教失却衣珠。

——这世界的人多么奇怪，用很贵的朱砂画月，月是无法描绘的；在杨柳树下醉卧就很好了，偏偏爬起来向人说什么真如！这就像随时会毁坏的泥人，再三叮嘱别人不要遗忘了衣服里的珍珠呀！

他也唱过这样美丽的句子：

> 长伸两脚眠一寤，
> 起来天地还依旧；
> 门前绿树无啼鸟，
> 庭下苍苔有落花！

我们眼前的睫毛、衣服里的珍珠、身心中的明月，都是此有彼有，此空彼空，不要起什么分别呀！

酒仙遇贤禅师虽不像寒山、拾得那么有名，他的诗却不比寒山、拾得逊色，他的神异事迹很多，《指月录》里说他"生多异样，貌伟怪，口容双拳，七岁尝沉大渊，而衣不润，遂去家"。他因为欢喜饮酒，又号"酒仙"。想一想，一位张开嘴巴可以容下两个拳头、满身酒味、一早到晚唱歌的禅师是一副什么光景？

我最喜欢他歌里的一段：

> 秋至山寒水冷，春来柳绿花红；
> 一点动随万变，江村烟雨蒙蒙。

有不有？空不空？笊篱捞取西北风！

生在阎浮世界，人情几多爱恶；

只要吃些酒子，所以倒街卧路。

死后却产娑婆，不愿超生净土，

何以故？西方净土，且无酒酤！

彻悟以后的酒仙遇贤禅师，说他死后还要来这个爱恶交杂的阎浮世界，并不想去净土投生，原因是在净土里没有卖酒。他说，一味地在那里争执有不有、空不空，就好像用笊篱想捞取西北风一样不可得。这首诗歌的重点是"一点动随万变"，若能抓住那一点，空与有、净土与娑婆有什么可以争论的呢？

万古一朝，一朝万古

不过，我们要知道酒仙禅师的饮酒唱歌是一种应机教化，那是因为人常常犯有一种毛病，就是认为超越不凡的人生境界必须向遥远的虚空去求，故而忽略了在平常中就有不凡、在红尘中也能有超越。

净土固然不会超越，柳绿花红也从未平凡！

天柱崇慧禅师有一次被弟子问道："达摩未来此土时，还有佛法也无？"（达摩祖师还没有来中国时，中国有佛法吗？）

天柱说："未来时且置，即今事作么生？"（你不管今天的事，管过去未来干什么？）

弟子说:"某甲不会,乞师指示!"(弟子不懂,请师父指示!)

天柱说:"万古长空,一朝风月。"过了一下子又说:"阇黎会么?自己分上作么生,干他达摩来与未来作么?"(万古就是一朝,一朝就是万古,长空里有风月,风月也不碍长空。这样你懂了吗?你好好照自己的本分去悟就好了,管他达摩来或未来干什么?)

天柱禅师是叫人回到自性,而不要去管那些遥远不可捉摸的事,既然近事就可以搞清楚,何必找一些远事来烦恼呢?在《景德传灯录》里,天柱的回答都是诗意盎然,传诵后世,我引一些来看:

问:"如何是西来意?"

答:"白猿抱子来青嶂,蜂蝶衔华绿叶间。"

问:"如何是道?"

答:"白云覆青嶂,蜂鸟步庭华。"

问:"如何是和尚利人处?"

答:"一雨普滋,千山秀色。"

问:"如何是天柱家风?"

答:"时有白云来闭户,更无风月四山流。"

举手投足，风月无边

多么美呀！白猴抱子爬青山和蜂蝶在绿叶间采华是没有分别的，白云掩盖青山与蜂鸟在庭院散步是无二的，一雨正是千山！

佛法无边，没有过去，现在，未来，这是万古长空！

自性也无边，一悟就是永悟，这是一朝风月！

时间没有界限，是不生不灭的真空，这是万古长空！

天地山河都有意义，以活泼的妙有而存在，这是一朝风月！

刹那是永恒，当下即解脱，这是一朝万古！

真空是妙有，慈悲即智慧，这是风月长空！

意思是说，唯有能善待今朝的人，才能做万古的追求；也唯有能看见长空之美的人，才懂得真正的风月。失去了今朝，万古就要落空；没有了风月，长空也会沦于虚无。僧肇禅师曾写过一首偈：

> 旋岚偃岳而常静，
> 江河竞注而不流；
> 野马飘鼓而不动，
> 日月历天而不周。

他说的正是"万古长空，一朝风月"。

在龙树菩萨随手一抹而落下的睫毛中有净土的真意；在酒仙

禅师的酒壶里隐藏着最深刻的悲心；在天柱禅师的一朝内包容了万古最大的秘密……这对我们的人生有多么感性与深情的启示，在长远的菩提道上，好好地生活是必需的，净土虽然殊胜，却不是建立在无情的虚空之上，而是植根于婆婆世界稳健、精进、承担、关怀的步伐中。

我很羡慕那些可以舍弃俗世的头陀行者，他们走向清净之路的背影是多么决然！但我更钦佩那些翻过高山、越过大河、穿过荆棘，衣袂飘飘来面对人间的菩萨，他们温柔的身姿让我们体验一朝一悟都有深切的意义；他们深远的眼神让我们望见了万古不变的实相；他们一举手一投足都是风月无边；他们一扬眉一瞬目都长空无染。

当我看见了人间那么多慈悲与智慧的菩萨脸容时，想到"万古长空，一朝风月"八个字，总会敛容、肃立，每每要落下泪来。

思想的天鹅

有时候我在想，人的思想究竟是像什么呢？有没有一种具象的事物可以来形容我们的思想？

偶尔，我觉得思想像彩色的蝴蝶，在盛开的花园中采蜜，但取其味，不损色香。而这蝴蝶不能在我们预设的花园中飞翔，它随风翻转，停在一些我们不能考察的花丛中，甚至让我们觉得，那蝴蝶停下来时有如一株花。

偶尔，我觉得思想犹如海洋，广度与深度都不可探测，在它涌动的时候，或者平缓如波浪，或者飞溅如海啸，或者反映蓝天与星光，只是，思想在某些时候会有莫名的力量，那像是渔汛或暖流、黑潮从不知的北方来到，那可能就是被称为"灵感"的东西。

偶尔，我觉得思想像是《诗经》中说的"鸢飞戾天，鱼跃于渊"的鸢或是鱼，上及飞鸟下至渊鱼，无不充满了生命力、无不欢忻悦豫，德教明察。鸢鸟的眼睛是最锐利的，可以在一千米以上的高空，看见茂盛草原上奔跑的一只小鼠；鱼的眼睛则永远不闭，那是由于海中充满凶险，要随时改变位置。

不过，蝴蝶的翅力太弱，生命也太短暂；而海洋则过于博大，不能主宰；鸢呢？鸢太过强猛，欠缺温柔的品质；鱼则过于惊慌，因本能而生活。

如果愿意给思想一个形象，我愿自己的思想像天鹅一样。天鹅的古名叫"鹄"，是吉祥的鸟，是"燕雀安知鸿鹄之志"中的那种两翼张开有六尺长的大鸟，它生长于酷寒的北方，能顺着一定的轨迹，越过高山大河到达南方的温暖之地。它既善于飞翔，也善于游泳；它性情温和，而意态优雅；它善知和群，能互相守望；它颜色分明，非白即黑；它能安于环境，不致过分执着……天鹅有许多好的品性，它的耐力、毅力与气质，都是令人倾倒的。芭蕾舞剧《天鹅湖》中，对情感至死不渝的天鹅，不知道让多少人为之动容。

我愿意自己的思想浩大如天鹅之越过长空，在动荡迁徙的道路上，不失去温和与优雅的气质。更要紧的是，天鹅是易于驯养的，使我不至于被思想牵动，而能主引自己的思想，让它在水草丰美的湖滨自在优游。

据说，驯养天鹅有两个方法，一个是把天鹅的一边翅膀修剪，使它失去平衡不能飞，它就会安住于湖边。另一个方法是，把天鹅养在一个较小的池塘里，由于天鹅的起飞，必须先在水中滑翔一段路途，才能凌空而去，若池塘太小，它滑翔的路程太短就不能起飞了。从前，欧洲的动物园用前一个方法驯养天鹅，后来觉得残忍，而且天鹅展翅的时候很丑陋，所以现在都用后面的方法。

　　驯养思想的天鹅似乎不必如此，而是确立一个水草丰美的湖泊作为天鹅的家乡，让它保持平衡的双翼（智慧与悲悯），也让它有广大的湖泊（清明的自性），然后就放心地让它展翅翱翔吧！只要我们知道天鹅是季候之鸟，不管它是飞到万里之外，它在心灵中永远不会忘记自己的家乡，经过数万里时空，在千百劫里流浪，有一天，它就会飞回它的家乡。

　　传说从前科举时代有一段时间，凡是到京城应试的士子都要穿"鹄袍"，译成白话就是要穿"天鹅服"，执事的人只要看见穿白袍的人就会肃然起敬，因为那些穿着白衣的年轻孩子，将来会有许多位至公卿，是不可轻视的。佛教把居士称为"白衣"，称为"素"，也是这个意思。

　　思想的天鹅也像是身穿白袍的士子，纯洁、青春，充满了对将来的热望，在起飞的那一刻不能轻视，因为它会万里翱翔，主宰人的一生。

　　在我的清明之湖泊，有一只时常起飞的天鹅，我看它凌空而去，用敏锐的眼睛看着世界，心里充满对生命探索的无限热诚。我让那只天鹅起飞，心里一点也不操心，因为我知道，天鹅有一个家乡，它的远途旅行只是偶然的栖息，它总会飞回来，并以一种优雅温柔的姿势，在湖中降落。

把烦恼写在沙滩上

　　有一个中年人，年轻时追求的家庭、事业都有了基础，但是却觉得生命空虚，感到彷徨而无奈，而且这种情况日渐严重，到后来不得不去看医生。

　　医生听完了他的陈述，说："我开几个处方给你试试！"于是开了四帖药放在药袋里，对他说："你明天九点钟以前独自到海边去，不要带报纸杂志，不要听广播，到了海边，分别在上午九点、中午十二点、下午三点和黄昏五点，依序各服用一帖药，你的病就可以治愈了。"

　　那位中年人半信半疑，但第二天还是依照医生的嘱咐来到海边，一走近海边，尤其在清晨，看到广大的海，心情为之清朗。

　　上午九点整，他打开第一帖药服用，里面没有药，只写了两个字"谛听"。他真的坐下来，谛听风的声音、海浪的声音，甚至听到自己心跳的节拍与大自然的节奏合在一起。他已经很多年没有如此安静地坐下来听，因此感觉到身心都得到了清洗。

到了中午，他打开第二个处方，上面写着"回忆"二字。他开始从谛听外界的声音转回来，回想起自己从童年到少年的无忧快乐，想到青年时期创业的艰困，想到父母的慈爱，兄弟朋友的友谊，生命的力量与热情重新从他的内在燃烧起来。

下午三点，他打开第三帖药，上面写着"检讨你的动机"。他仔细地想起早年创业的时候，是为了服务人群热诚地工作，等到事业有成了，则只顾赚钱，失去了经营事业的喜悦，为了自身利益，则失去了对别人的关怀，想到这里，他已深有所悟。

到了黄昏的时候，他打开最后的处方，上面写着"把烦恼写在沙滩上"。他走到离海最近的沙滩，写下"烦恼"两个字，一波海浪立即淹没了他的"烦恼"，洗得沙上一片平坦。

这个中年人在回家的路上，再度恢复了生命的活力，他的空虚与彷徨也就治愈了。

这个故事是有一次深研禅学的郑石岩先生谈起关于高登（Arthur Gordon）亲身体验的故事。我一直很喜欢这个故事，因为它在本质上有许多与禅相近的东西。

"谛听"就是"观照"，是专心地听闻外在的声音，其实，"谛听"就是"观世音"，观世音虽是菩萨的名字，但人人都具有观世音的本质，只要肯谛听，观世音的本质就会被开发出来。

"回忆"就是"静虑"，是禅最原始的意涵，也是反观自心的初步功夫。观世音菩萨有另一个名号叫"观自在"，一个人若不能清楚自己成长的历程，如何能观自在呢？

"检讨你的动机"，动机就是身口意的"意"，在佛教里叫作"初发"，意即"初发的心"。一个人如果能时时把握初心，主掌意念，就能随心所欲不逾矩了。

"把烦恼写在沙滩上"，这是禅者的关键，就是"放下"。我们的烦恼是来自执着，其实执着像是写在沙上的字，海水一冲就流走了。缘起性空才是一切的实相，能看到这一层，放下就没有那么难了。

禅并没有一定的形式与面貌，在用世的许多东西，都具有禅的一些特质，禅自然也不离开生活，如何深入生活中得到崭新的悟，并有全生命的投入，这是禅的风味。

有一个禅宗的故事这样说：一位禅师与弟子外出，看到狐狸在追兔子。

"依据古代的传说，大部分清醒的兔子可以逃掉狐狸，这一只也可以。"师父说。

"不可能！"弟子回答，"狐狸跑得比兔子快！"

"但兔子将可避开狐狸！"师父仍然坚持己见。

"师父，您为什么如此肯定呢？"

"因为，狐狸是在追它的晚餐，兔子是在逃命！"师父说。

可叹息的是，大部分的人过日子就像狐狸追兔子，以致到了中年，筋疲力尽就放弃自己的晚餐，纵使有些人追到了晚餐，也会觉得花那么大的代价才追到一只兔子，而感到懊丧。修行者的态度应该不是狐狸追兔子，而是兔子逃命，只有投入全副身心，向前奔驰飞跃，否则一个不留神，就会丧于狐口了。

在生命的"点"和"点"间，快如迅雷，没有一点空隙，甚至容不下思考，就有如兔子奔越逃命一样，我每想起这个禅的故事，就想到：兔子假如能逃过狐口，在喘息的时候，一定能见及生命的真意吧！

大音希声

　　朋友从纽约回来，我们已经十几年没见了，我问他："这么久没有回来，觉得台湾变化最大的是什么？"

　　朋友说："水果。"

　　对朋友的回答我感到很惊讶，因为这些年台湾盖这么多房子，建如此多的马路，天上的空气这么脏，地上的交通那样乱，人民的口袋那么有钱，难道他没看见吗？为什么独独看见了水果？

　　"我出去之前，最喜欢的就是水果摊和花店，每次看到那么多美丽的花、五彩缤纷的水果，就感动得不得了！想想看，我们台湾是如何的一种风土，多么温润、多么肥沃，才有可能长出美丽的花和好吃又好看的水果！"朋友说。我才想到朋友是北方人，少年时代从大漠来到南方，看到台湾的花果自然有一番特别的动心。

　　"十几年没有回来，回来的第一件事当然是去看花店和水果摊。"朋友继续说道，"这一次到水果店真是大吃一惊，水果的种类更多了，而且简直大得不像话，特别是芭乐、芒果、莲雾、木瓜、草莓都比以前大好几倍，台湾人真神奇呀！竟然能种出这么大的水果。幸好，以前牛顿是坐在苹果树下，如果是坐在台湾的芭乐树下，他就无法发现地心引力，因为一个芭乐打下来，当场就死了。"

朋友买了许多水果带回旅馆去吃，结果非常失望，他说："许多水果已经失去滋味了，特别是芒果和莲雾，还是从前的土芒果、土莲雾好吃得多！"

"你这是乡愁作祟吧！我一直觉得台湾的水果都很好吃。"我说。

"不会的，我在台湾时就把水果的滋味记得很清楚，在纽约的时候，回味过千万遍，滋味是非常确定的，真可惜，那些滋味已经不同了，虽然水果变大变美了。"朋友转而用严肃的口气问我，"清玄！你暂时放下乡土情感，告诉我，现在的水果滋味是不是比不上从前了？"

朋友的问话使我陷入了沉思，在夜黑的南京东路默默地走了一段路，然后我说："有些水果的味道确实变了，不过这没有什么好坏，就像你说敦化南北路是从前的稻田好呢，还是现在齐天的高楼好呢？"那时我们正在跨过敦化北路的交口，夜里望去，那种感觉，与我多年前和朋友行过曼哈顿第五街时竟那么相似。

朋友说，水果也是人心的展现，现在台湾的人什么都要多、要大，对生活的品质和滋味却反而不在意，于是社会变得丑怪不堪，如果把大芒果、小芒果、大芭乐、小芭乐摆在一起，大部分人会选那些大的、滋味差的水果，小的精致水果就灭种了，这实在是人心的象征。"追求大的、多的，而不在乎小的、精致的、有滋味的东西，这是台湾整个文化的表现，不只是水果呀！"朋友这样地下着结论。

我们忧心地谈起前一阵子大家花几十万元买一条红龙来养，这一阵子红龙已经没落了，一些人对云贵高原的娃娃鱼产生兴趣，花数十万甚至百万元买来养，养死了以后烹煮宴客，在电视上看到那主人大谈娃娃鱼的滋味像猪肉，一副无惭无愧的样子，就知道台湾的人心多么丑怪了。数十万元可以做的事很多，能给社会的贡献也很多，是一家中等家庭一年的生活费，可以救很多人于饥寒，可以拯很多人于残病，可是，我们台湾人竟用来买红龙、买娃娃鱼、买西藏獒犬，甚至烹而食之，想来就觉得可耻！

听说娃娃鱼夜里会啼哭如婴儿，我们听了非但不为之心碎，反而喜闻其哭，可以知道病不在娃娃鱼或红龙，而是人心有病，人心有大病！照这样下去，台湾的人文品质确是使人忧心的呀！

心情沉重地送朋友回旅馆，回家后读莲池大师的著作，其中有《警悟四首》谈到住衣食器，有《古语四颂》谈到大，深有所感。我们先来看《警悟四首》：

屋可蔽风雨，何苦斗华丽？

尧舜古圣君，光宇天下被。

茅茨未尝剪，土阶亦不砌。

不知尔何人？鳞鳞居大第！

食可充饥肠，何苦尚腴靡？

孔颜古圣师，悦心饱义理。

一箪复一瓢，饭蔬食饮水。

不知尔何人？肥甘满砧儿！

器可足使令，何苦作淫巧？

释迦三界师，万德备天藻。

一持钵多罗，四缀犹未了。

不知尔何人？杯箸严七宝！

衣可盖形体，何苦竞文饰？

迦叶首传灯，闻誉千古溢。

头陀百结鹑，老死终弗易。

不知尔何人？遍身皆绮縠！

尧舜住的只是茅屋土厝，孔子、颜回吃的只是箪食瓢饮，释
迦牟尼佛用的只是一个乞食的钵，迦叶尊者穿的是补过百回的破
衣，可是他们的伟大都是照耀千古的，你不知道自己是什么人，
有什么福报可以住大房子、吃肥食甘、连碗筷都镶着宝石、穿着
绫罗绸缎呀！

莲池大师虽是对古人的警训，也很适合现代的人，特别是对
在衣食住行追求奇技淫巧的台湾人，更应该反省。他的《古语四
颂》则是：

大音希声——不音之音，名曰至音。沉沉寂寂，吼动

乾坤。无叩而鸣，古人所箴。学道之士，默以养真。

　　大器晚成——不器之器，名曰上器。积厚养深，一出名世。欲速不达，古人所刺。学道之士，静以俟势。

　　大智如愚——不智之智，名曰真智。蠢然其容，灵辉内炽。用察为明，古人所忌。学道之士，晦以混世。

　　大巧若拙——大巧之巧，名曰极巧。一事无能，万法俱了。露才扬己，古人所少。学道之士，朴以自保。

　　这是对学道者的开示，不过，仔细想想，真正的"大"确应该如此，大音希声、大器晚成、大智若愚、大巧若拙，是在大里有一种澄澈、静默、明晦、朴实的滋味，是大得结实而有无穷的力量，不能像种水果，只要外表大就好了。

　　可惜，大音希声，其谁能闻？

春夏秋冬

带孩子到百货公司，到处都挂着打折的招牌。

"为什么要打折呢？"孩子好奇地问。

"因为换季了。"

"什么是换季？"

"换季就是一个季节换成另一个季节，像现在是夏天要变成秋天了，天气要开始冷了，短袖的衣服要推销出去，所以要换季打折。"我说。

"那么，什么是夏天，什么是秋天呢？"孩子天真地问，却使我感到吃惊，因为想不出什么叫作夏天或者秋天，就决定与孩子来谈谈四季。我带着孩子找到一处可以喝咖啡的地方坐下，准备好好给他上一课。

"你记得前一阵子很热吗？一定要吹冷气才睡得着觉，这种很热的天叫夏天。"

孩子点点头。然后我说起去年我们住在乡间山上的冬天，整日寒风怒号，夜里常生一炉火，在炉边取暖，有时跑到草原去晒太阳的日子，那就是冬天了，我对孩子说，他也点点头。

"可是春天和秋天呢？"孩子说。

"春天就是冬天之后夏天之前百花盛开的时候，秋天就是夏天之后冬天之前天很蓝云很高的时候。"

"爸爸，你刚刚夏天说很热，冬天说很冷，春天说到花，秋天却说到云，冷热和花云怎么能相比？到底春天和秋天是冷不冷？"

"春天和秋天是不冷不热。"

"这两个都是不冷不热，到底有什么不一样？而且两个都和夏天冬天接在一起，是怎么接的？"对于孩子的问题我震了一下，我们成人觉得四季是一种自然的演变，反而很少去思考其中的相异，孩子内心则充满疑问。

我说："春天比秋天温暖一点点，秋天则比春天凉爽一些。因为接在冬天后面，所以春天先冷后热；秋天则是先热后凉。在春夏秋冬之间并没有界线，就好像我们爬楼梯一样，是慢慢发展的，而不是睡一觉，醒来就发现是冬天了。我们从一棵树可以看出四季，发芽的时候是春天，很绿的时候是夏天，叶子黄了是秋天，掉了叶子就是冬天！就像我们乡下路边的菩提树一样。"

孩子两只胖手撑着脸颊，专注地看着我，思考着四季的问题，突然，他的眼睛里闪过一道光，叫着说："我知道了，我知道了，春天和秋天是比较凉爽的夏天，还有比较温暖的冬天！"

孩子眼中的闪光一下穿进我的心坎，是呀，其实四季、时间、生命、轮回都没有断灭相，春夏秋冬是以一种绵密的姿势向前推进着，我们所见到的一切断灭是我们的分别，在孩子的眼中，一片纯净，春天是凉的夏季，秋日是温暖的冬天，这使得四季都变得亲切可喜了。

"爸——"我又陷进不可救药的玄想中，孩子摇着我的手说，"在这个比较凉爽的夏天，你可不可以请我吃一个冰淇淋？"

带孩子去买冰淇淋，我买了两份，自己也吃了一个，吃的时刻感觉到生命真好，就在此刻，秋天已经来了，正是较凉的夏与较温暖之冬。

冬天也快来了，从秋天再往台阶上跳一格，冬天也只是很凉快很凉快，像坐在冷气房中的夏季吧！事无定相，因缘如流，如果在心里有春天，那么夏天是较温暖的春天，秋天是较清爽的春天，冬天是较凉快的春天，日日好日，季季如春，我们就能雀跃欢腾一如赤子。有了冰淇淋吃的孩子已经完全忘记春夏秋冬的争辩，看着孩子，我心里突然浮起一首诗：

终日寻春不见春，
芒鞋踏破岭头云。
归来偶遇梅花下，
春在枝头已十分！

一个人到处去找春天，找到草鞋都踏破了，才发现春天是在梅花盛开的内部，春是冬的接棒者，是从最寒冷的地方起跑的。这样想，就会知道无门慧开禅师关于四季的偈是多么充满了智慧：

春有百花秋有月，
夏有凉风冬有雪；
若无闲事挂心头，
便是人间好时节。

出山与入山

有一次在板桥一个雕刻佛像的师傅家里，看见一尊取名为"释迦出山"的雕像，使我深深地被震动。

这尊释迦牟尼佛的雕像，据雕刻师表示，是来自于南传佛教的泰国。佛陀由于长期在山中修道，使他骨瘦如柴，皮紧紧地包覆着骨头，而胸前的肋骨一根一根在胸前浮现，下巴尖瘦，长胡子微抚前胸。最惊人的是，佛陀全身的血管因为消瘦的关系，不规则地包裹着身躯——那已经是人消瘦的极限了吧！

另外，令我感到惊奇的是，佛陀的眼神清澈而辽远，他的嘴角挂一抹平和的微笑，他跏趺坐着的双腿稳若磐石。有一股坚毅强大的精神力自那瘦得不能再瘦的身躯散发出来。

那雕刻师告诉我，他把这尊佛像放在工作室有很深的用意，他说："我现在雕的佛像都是万德庄严、法相圆满，有时候会忘记佛陀曾经那样艰苦卓绝地修行。无知的人看到一般佛像的相貌，说不定会以为长得好一点、吃得好一点、穿得好一点就像佛陀了。每次看到这尊'释迦出山图'，在下刀的时候，我就不会忽略佛陀曾经以这样的面目出山！我觉得只要多看这尊佛像一眼，我就可以做出更好的佛像。"

听到雕刻师的说法，我生起无限的敬佩，想到台湾早期的雕刻大师黄土水也雕过一尊"释迦出山"，虽然瘦弱，却仙风道骨，气血温润，我想那是世尊已经走到人间来了。

"释迦出山"是一个很好的启示，特别是对现代的修行者，我们时常犯的毛病是把悟道看得太容易，如果悟道是如此易得，释迦就不必示现六年的苦行；另外一个毛病是过于入世，而忘失了精进的道心，如果生活的作务可以取代行持，世尊也就不必示现入山了。

佛陀的入山与出山，应该不只是表面的雪山，也代表了心灵的雪山，一个人要走出心灵的雪山，必须先深入雪山，没有入就不可能出，此是释迦出山的示意。

关于出山与入山，永嘉玄觉禅师曾有一段精辟的话，他说：

> 若未识道而先居山者，但见其山，必忘其道；
> 若未居山而先识道者，但见其道，必忘其山。
> 忘山则道性怡神，忘道则山形眩目。
> 是以见道忘山者，人间亦寂也。
> 见山忘道者，山中乃喧也。

永嘉的这段话，看起来是在强调见道比见山重要，那是由于他认为一个人如果不识道，住山无益；而反过来说，一个人如果识道，人间也有寂灭之境。他说的"见道忘山"并没有贬抑山的意思，只是在厘清修行的心比修行的处所重要得多。

永嘉玄觉也是从山里出来的，他早年住在龙兴寺，看到寺旁有一座山岩，就在岩下自己盖了一间禅庵，在其中艰苦修行。《高僧传》说他"丝不以衣，耕不以食"，独居研习，最后自证自得，才出山到曹溪找六祖慧能印可。他留下了一首《证道歌》，传颂千古，不仅是很好的修行指导，也是极感人的文学作品。

对于出山与入山，他还说：

智圆则喧寂同观，悲大则怨亲普救……若知物我冥一，彼此无非道场……若能慕寂于喧，市廛无非宴坐，征违纳顺，怨债由来善友矣！

对智慧圆满的人来说，喧闹的城市与寂静的山林一样；对悲心广大的人而言，怨敌和亲友都应该普遍救度。所以，要"物我冥一"，要"慕寂于喧"，到那时候，出山与入山就没有差别了。

我时常想，居住在城市修行的人不应该忘记释迦的入山，而在深山中修行的人则不应忘记释迦为什么出山。前者是般若的得证，后者是菩提的洋溢，都是一样重要的。

佛陀的入山与出山，都有着深切的教化与寓意！

法门无量

每天早上诵菩萨的四弘誓愿：

众生无边誓愿度

烦恼无尽誓愿断

法门无量誓愿学

佛道无上誓愿成

都有一种特别的感受，感受到菩萨那明知其不可为而为的悲情，在荆棘遍布的菩提道上，就怀着这种悲情，向前迈进。

特别是"法门无量誓愿学"使我觉得几乎是不可能的，在我们修行的过程中，时常有人说要"一门深入"才有解脱的可能，然而"法门无量誓愿学"是怎么说呢？

今天早上突然对这誓愿有一个全新的见解，那是因为读到《无量义经》里释迦牟尼佛说的一段话：

善男子！

法譬如水，能洗垢秽。

若井若池，若江若河，溪渠大海，皆悉能洗诸有
垢秽。

其法水者，亦复如是：

能洗众生诸恼垢。

善男子！

水性是一，江河井池，溪渠大海，各个别异。

其法性者，亦复如是：

洗除尘劳，等无差别，三法、四果、二道不一。

　　五法就是大、中、小三乘的修行法门（指四谛、十二因缘、
六波罗蜜）。四果是声闻乘的四种果位，以阿罗汉果为最高。二
道是"方便之道"与"真实之道"。这些表面上看起来不同的修法，
其实"水性是一"，法门与法门之间并没有什么分别。

　　因此，我们可以这样说，法门无量虽有广大不可达成之感，
在究竟的实相中，"法门无量"与"一门深入"并没有不同，修
行者从单一的法门进入，证得空性的时候，就有无量的心行，能
教化不同的众生！而反其道而行，一个人如果遍学无量法门，证
得法性之时，不也是一门深入吗？

　　所以，一法门是无量的，无量法门也无异于一法门。

　　那事实上就像我们吃柠檬、甘蔗、苦瓜、辣椒一样，它们可
能种在同一块土地上，接受同样的水灌溉、同样的农夫、同样的

时空因缘，却产生酸甜苦辣等截然不同的滋味，这或者是"法门无量"的真义，万法归一。那么，禅门里常问"万法归一，一归何处"呢？

这有两层含义，一者连一也要舍去，二者一又产生万法，循环往复，为了众生口味的不同，一又变现成万法来使得众生可以接受，心生欢喜，回到同一的法性之中。

理解到这一个层面，"法门无量誓愿学"固有不可为的悲愿，却不是不可能的，一法圆通则万法皆通，一门深入则法门无量。

我很喜欢《妙法莲华经药草品》中的一段经文：

> 譬如三千大千世界，山川谿谷，土地所生，卉木丛林，及诸药草，种类若干，各色各异。密云弥布，遍覆三千大千世界，一时等澍，其泽普洽；卉木丛林，及诸药草，小根小茎，小枝小叶，中根中茎，中枝中叶，大根大茎，大枝大叶，诸树大小，随上中下，各有所受。一云所雨，称其种性，而得生长，华果敷实；虽一地所生，一雨所润，而诸草木，各有差别。佛平等说，如一味雨；随众生性，所受不同；如彼草木，所禀各异。

草木由于秉性的不同，吸收相同的水而生出极不同的风貌与滋味。众生则因为根器不同，感受到法门的殊异，其实，雨，只是一味。

在无量的法门中，我们一定要有这样的认识，才不会在法门上起分别之见，如果说法门还有高低优劣之分，那么，如来是不是也有高下呢?

我要全力以赴地修习自己所认定的法门，但我也要赞叹一切的法门，我要看到无量法门的殊胜之处，有谦卑与学习的态度，这样，才不会辜负了菩萨的愿心呀!

纯一无杂

莲池大师在《竹窗随笔》中曾经有一则笔记，给我很大的启示，他说：

予昔在练磨场中，时方丈谓众云："中元日当作盂兰盆斋。"予以为设供也，俄而无设，唯念佛三日而已。又闻昔有院主为官司所勾摄，堂中第一座集众救护，众以为持诵也，亦高声念佛而已。此二事，回出常情，有大人作略，真可师法。彼今之念佛者，名为专修，至于祷寿命，则《药师经》；解罪愆，则《梁皇忏》（也叫《梁皇宝忏》）；济厄难，则《消灾咒》；求智慧，则《观音文》。向所念佛，束之高阁，若无补于事者。不思彼佛寿命无量，况百年寿命乎？不思念彼佛能灭八十亿劫生死重罪，况目前罪垢厄难乎？不思彼佛言："我以智慧光，广照无央界。"况时人所称智慧乎？阿伽陀药，万病总持，二三其心，莫肯信服，神圣工巧，独且奈之何哉？

莲池大师在青年时代，先学华严，再参禅要，历游诸方，遍参知识，他主张佛教各宗并进，不应该分歧，应该以戒为基础，以弥陀净土为归宿。他在三十七岁的时候在云栖山结茅安居，广弘净土法门，达四十余年，故又名为"云栖大师"。他被净土门人称为"净土宗第八祖"，但同时也被认为是华严宗的第二十二祖，在明末的禅宗也有大的贡献，在各方面都有很大的影响力。

前面引用的一段话，意思是念佛功德不可思议，设供时念佛就够了，救护时也是念佛就够了。甚至是祷寿命、解罪愆、济厄难、求智慧也都是一句"阿弥陀佛"就够了。他认为当今念佛的人，名为专修净土，却不肯彻底地信服佛是无量寿、无量光、无量智慧、万病总持，以至于过多庞杂的事情，反而忘失了单纯的"阿弥陀佛"就具有无比的力量。

在莲池大师的著作中不断地提示我们，应以专精、单纯、无二的态度来念佛，例如他说：

古人为学，有三年不窥园者，有闭户不逾槛外者，有得家书，见平安二字即投水不展视者，庶几乎专精不二者矣。而为僧者，学出世法，反以世事乱其心乎？吾辈观此，当汗颜悚骨，而惕于中矣！

譬如王师讨伐，临阵格斗，以杀贼为全胜。而杀贼者，或剑、或槊、或锤、或戟，乃至矢石种种随用，唯贵精于一技而已。以例学人，则无明惑障，如彼贼人，种种法门，如剑槊等，破灭惑障，如获全胜，是知无论杀具，但取杀贼，贼既杀已，大事斯毕，所云杀具，皆过河筏耳，不务其大，而沾沾焉谓剑能杀人、槊不能杀，岂理也哉？参禅者，讥念佛为著相；励行者，呵修定为落空，亦犹是也。

都是在教示学人，以专一之志来修行，不可互相贬抑，莲池大师在自我的修行历程也是这样实践的，在他的传记里说，他十七岁时就立志出家，常写"生死大事"四字置于案头。后来果然出家，精进不已，参加了五次禅期，竟然不知道隔壁僧人的姓名。他住在云栖山时，因环山四十里被虎患所苦，他发起慈悲心，依危壁而坐，绝食七天，诵经施食，老虎遂为之绝迹。有一年闹旱灾，附近的村民来请他祈雨，他说："我只知道念佛，没有什么法术呀！"后来村民坚请，不肯离去，莲池大师不得已拿起木鱼走出寺门，一边敲木鱼一边念佛，传记上说他"循因念佛，时雨如注，如足所及"，光是一句佛号，走到哪里雨就下到哪里，也可见到念佛的不可思议了。

莲池大师如"纯钢铸就"的念佛令人感动，也让我们进而体会到，不只是修行如此，在生活里，我们也应该以单纯为依归。复杂忙乱的生活虽然已成为现代人的正常现象，可是这复杂忙乱，会使我们遮掩了心智的澄明，使我们无暇静思，使我们忘却了"生死大事"，使我们漂浮流浪不知所终，想来真是"汗颜悚骨，而惕于中矣"！

末法时代

　　不管是什么宗教，对于这个时代都有共同的看法，有的称为"末世""末劫"，有的叫"世界末日"，在佛教里则称为"末法时代"。

　　这些说法都是有道理的，特别是在一九九〇年的今天看来，因为从前的人没有今天的人那么多病痛、那么多烦恼，以及那么多的欲望。而世界确实在改变中，像空气污染、环境败坏、交通混乱……也都是以前的人所不能想象的。

　　以佛教的"末法时代"来说，指的是佛法衰颓的时代，正法逐渐灭绝。

　　在佛经里，把法分为正、像、末三个时期，是说如来灭度以后的五百年，佛法住世，如能依教修行，就能证果，是为"正法"；正法之后的一千年，叫"像法"，是虽有佛的教法存在于世，修行的人却很难证果；再后的一万年就叫"末法"，是虽有佛法在世，人多不能修行，更不用谈证果了。

另有一种说法是正法、像法各一千年，末法一万年；还有一种是说正法一千年，像法、末法各五千年。但不论多少年，到了末法，教法、修行、证果就不能具足了，由于佛法不能具足，世间便会有许多乱象，众生的救度便越来越难。这样想来，各宗教把二十世纪末称为"末世""世界末日"，其实是颇有道理的。

《法苑珠林》中讲到末法会产生五乱："佛涅槃后当有五乱，一者当来比丘从白衣学法，世之一乱；二者白衣上坐，比丘处下，世之二乱；三者比丘说法不行承受，白衣说法以为无上，世之三乱；四者魔象比丘自生现在，于世间以为真道谛，佛法正典自为不明，诈伪为信，世之四乱；五者当来比丘畜养妻子奴仆治生，但共诤讼，不承佛教，世之五乱。"说的是佛法的变化与混乱，从生活上看，我们的今日生活何止五乱呢？

我们的法师们早就注意到末法的问题，像北齐的慧思禅师，隋朝的信行法师在著作中都提过末法思想，认为愈到末法，人应该更反省奋起，寻求解决挽救之道。

信行法师认为正、像、末法是如来的三阶之教，在如来住世的时代，一乘佛法最相应；到了像法时期，则三乘佛法最相应；一旦进入末法时代，就要修行普法，要归依一切三宝、断除一切恶、修持一切善，才容易成功。

净土宗的弘扬也与末法思想有深刻的关系，唐代的道绰、善导大师都主张以忏悔、念佛的实践生活为信仰重点，认为净土教法最与末法相应。

生在末法时代的我们，确是无可奈何的，然而如何逆流而上，挽救这个世界，也正是在末法时代，生而为人的责任与承担吧！

璎珞粥

《禅林象器笺》中记载了三种从前禅寺里吃的粥，一是五味粥、二是璎珞粥、三是红调粥，说吃了对人的健康极有益。五味粥是八宝粥，红调粥是红豆稀饭，都是一般人常吃的，那么，璎珞粥是什么呢?

原来璎珞粥是把米煮成粥，然后下野菜，那粥里以野菜牵连，有如璎珞，所以得名。从读到"璎珞粥"的名称以后，我就喜欢吃野菜和米煮成的稀饭，有时用黄澄澄的小米来煮，更像璎珞，吃起来有特别的美味。可见名称是很重要的，一样是稀饭，因为冠了"璎珞"二字，就使平凡立时成为非凡。

我向来对稀饭情有独钟，想是童年养成的习惯，从前的早餐没有现在花样多，早餐吃的都是地瓜稀饭配酱菜和豆腐乳，偶尔吃到"清粥小菜"（就是没有加番薯的稀饭和几个小菜）已经够让人欣喜了。

后来一提到早餐，立刻想到地瓜粥，成为脑筋最自然的反射。

不只是早上吃稀饭，在"坏年冬"（收成不好的时节）常常是三餐都吃稀饭。

农忙时节，农夫早上下午各要吃一次点心，也就是一天吃五餐的意思。在我们家乡，通常早上的点心吃咸粥（闽南语叫"饭汤"，是用香菇、竹笋、猪肉和饭一起煮的），下午的点心则是绿豆稀饭。我到现在还常常想起一群人蹲在田岸喝粥的情景，由于工作劳累，大家喝起稀饭稀里呼噜，颇能感觉到在收成时生命的美好。

我对吃粥的印象美好，多半的时候是想到因为经济因素，家里不得不吃粥，很少想到，粥对人的健康是极有益的，直到后来在佛教的律仪里读到"粥有十利"的说法，才知道对于健康，粥比其他食物更能资益身心。据《摩诃僧祇律》指出，粥有十种利益：

一、资色：资益身躯，颜容丰盛。

二、增力：补益衰弱，增长气力。

三、益寿：补养元气，寿算增益。

四、安乐：清净柔软，食则安乐。

五、辞清：气无凝滞，辞辩清扬。

六、辩说：滋润喉舌，论议无碍。

七、消宿食：温暖脾胃，宿食消化。

八、除风：调和通利，风气消除。

九、除饥：适充口腹，饥馁顿除。

十、消渴：喉舌沾润，干渴随消。

由于有这么多利益，因此说粥是"饶益行者，故称良药"。

还有一些律典也指出吃粥的利益，多不出这十利，像《四分律》就说粥有除饥、除渴、除风、消宿食、大小便调通等五种利益。

佛教丛林以粥为主食，开始得很早，据《十诵律》的记载，从前释迦牟尼佛住在迦尸国竹园中安居时，有一些居士常做八种粥来供佛，这八种粥是酥粥、油粥、胡麻粥、乳粥、小豆粥、摩沙豆粥、麻子粥、清粥，可见粥的种类很多，而佛陀当时就鼓励僧专食粥。

看到佛经里对粥的记载，使我们知道粥对人有很大的利益，而中国传统以粥为早食也是合乎健康的。不像现在大饭店的早餐，一早就是牛排大餐，昨夜的宿食未消，早上就大吃大喝，怎么"吃得消"呢？

如今在台北，早上要吃粥越来越不便，连豆浆烧饼都越来越少，逐渐被速食店的油炸早餐，以及火腿蛋、三明治所取代，这些东西远不如清粥小菜有益健康，可是现代人哪有时间想那么多呢？

我虽住在城市里，却总在早上煮一锅粥、放一些青菜，然后配着豆腐和腐乳吃早餐，如果说米和青菜是"璎珞粥"，豆腐和腐乳就是白玉和黄玉了。

吃的时候，我会忆起昔日乡下蹲在田岸喝稀饭的乡亲，感觉到那流逝的日子也如璎珞，戴在自己的胸前。

关于颜色

在报纸杂志上，我们时常会看到关于颜色的研究，譬如喜欢穿什么颜色的衣服、用什么颜色的餐具，乃至开什么颜色的汽车，都可以追索到我们的性格与个性。

很多的心理学家、社会学家、人类学家花许多时间来研究、分析，以便让大家按图索骥，来回看自己的性格。

几天前，我看到了一个社会学教授从人使用的汽车颜色来推定人的个性，结论大致是这样的：

红色——最善于处理危机或压力，因你充满活力，人们都乐于与你为伍。

黑色——你绝不会被生活困境打倒，因为自信和勇气是你的两大特质。

白色——你务实而真诚，面对压力仍能泰然处之，永远对未来抱乐观的态度。

黄色——你个性温馨开放，乐于助人，精神永远保持在活泼的状态。

蓝色——你天生乐于助人，为朋友不惜两肋插刀。

绿色——你富于想象力和创造力，开放，而能容纳别人的意见。

银色或金灰色——你是天生的领袖，为自己设定极高的价值观。

金色、棕色、铜色——你热爱美好事物，对所用的物品只要经济能力许可，一定使用上品。

混合色——你能兼顾事物的正反两面，当人们有争论时，常常征询你的意见。

我每次读到这样的"研究报告"，都忍不住失笑，因为不管我们选用的是什么颜色的车子，都会觉得这个研究有理，因为人都喜欢被赞美，那些心理学家与社会学家至少很了解这一点，所以不管你喜爱什么颜色，你都是没有缺点的。

其次，使我失笑的原因是，现代人都太忙碌了，他们不希望多费脑筋，而是渴望一些简单的答案，学者们用许多时间、精神做复杂的研究，却提供简单的答案，但大家忘记了，这些答案根本就明白地摆在眼前，不需要绕着迷宫来寻找。

最后，我们也看见了，颜色与颜色之间虽是那么不同，但是它通向的结论是很接近的。这使我们思考到更重要的问题，人可以同时喜欢各种不同的颜色，或者说人的身心里本来就有很多的颜色。

依照佛教的说法，这个宇宙有多少颜色，在我们的身心里就有多少颜色，而我们所选择的颜色则是我们性格的一部分展现。

《心经》里说:"色即是空、空即是色、色不异空、空不异色。"就是这个道理,此处的"空"不是"虚无",而是身心的"空性","色"自然也不只是颜色,而是一切形相的显现。

我们自知自己喜欢的颜色,甚至分析出这些颜色与性格的关联,一点也不重要。重要的是找到颜色的执着,去突破它,找到与"形色"相应的那个"空性",使我们有一种清明的对应。

我们能生长在一个颜色缤纷的环境是值得感恩的,因为许多人没有这样的因缘;我们张开眼睛就能分辨颜色是值得感恩的,因为许多人没有这样的机会。

所以,我们不要只去找外面的形色,也要张开内在的眼睛,看清自己;我们也不只要张开眼睛观察世间的真相,更要在闭着眼睛时,能探索宇宙的一切智慧。

不管我喜欢什么颜色,让我富于想象与创造力,热爱美好事物,为自己设定极高的价值观。

让我充满活力、乐于助人、务实而真诚、自信而有勇气,永远抱着乐观的态度。

让我温馨开放,能容纳别人的意见,面对压力时泰然处之,能兼顾事物正反两面的思考。

让我热爱这个世界,关怀这世界的每一众生!

让我充满感恩,努力向上,使一切众生一切世界都成为上品!

一晌安乐

前一阵子在点烛供佛的时候，不小心泼倒了烛油，半个右手掌被烛油所覆盖，热疼难当，赶紧跑去找医生敷药、打消炎针、破伤风针，经过一个多月，伤口虽然痊愈，却撕去了右掌一半的皮肤，呈褐黑色一片，医生说："这皮肤不可能再复原了，将就着用了。"

于是每次工作时，我就会看见自己黑了一半的手掌，心里颇有感触，想到从前我常常对人说"四大皆空，五蕴无我"，切不要执着于身体的感受；我也常对人说病是好的、痛是好的，都可以消除我们的业障；甚至我也常对人夸口说要随时有舍身的准备，何必在乎身心小小的痛楚呢？

但是当我自己被灼伤的时候，那种痛彻心扉、深入骨髓的感受，却使我觉得身体这个"假合"是如此真实，理论上是四大皆空，实际上则难以达到那样的境界。到了晚上更是灼烫难忍，一个手掌肿得像拳套一样，而且要摆定一处，稍微一动则如万针齐刺，痛得流泪。病痛固然是消业的方法，可是众生在病痛中挣扎折磨确是无可如何的事呀！

每次我夜里因手痛睡不着觉，爬起来吃止痛剂的时候，就为自己的定力薄脆而感到惭愧，但是也想到人间之苦难有许多大于手掌的灼伤，那些受苦众生不知如何度过种种折磨？这样想时，使我坐在长夜的窗口，看着明媚的星星，心里却有着沉重的背负。

为了锻炼自己的定力，手痛的那一段时间，我仍然继续写稿工作，用左手捉稳右手腕，一笔一画慢慢刻写，每一个字都痛彻心扉。这使我想到女作家杏林子的写作，从前听她谈到写作的艰难，无法体验她的毅力与勇气，最近才稍稍体会到。当满头大汗、疼痛地工作后，我就想到更多没有手、无法工作的人。一个人活在这个世界还能工作、还能做一些对人群有益的事，是值得感恩和庆幸的。

手受伤的一个多月，使我知道，一切对菩提与超越的理论，我们都很容易懂，可是在接受考验时还能有超越的心，还能充满柔软的智慧与深沉的定力是多么不易，这需要有一个坚实的力量，这力量是由实践与修行来的。

最近读净土宗祖师莲池大师的《竹窗随笔》，里面有好几章谈到他受"汤厄"时的反省和感受。所谓"汤厄"，是有一次莲池大师沐浴时，失足跌入沸水中，两脚从脚掌到臀部全被烫伤，躺在床上疗治了两个多月才好，情境比我严重得多，我们来看看其中的一段：

虽备历诸苦，而于苦中照见平日过咎，生大惭愧、发菩提心。盖平日四大无恙，行坐随意、眠起随意、饮食随意、谈笑随意，不知其为人天大福也。安享此福，无复思念六道众生；且我此一晌安乐时，地狱众生，挫、烧、舂、磨者，不知经几许苦矣！饿鬼众生，饮铜食血者，不知经几许苦矣！畜生众生，衔铁负鞍、刀割鼎烹者，不知经几许苦矣！纵得为人，而饿寒逼迫，服役疲劳者、疾病缠绵者、眷属分离者、刑罚责治者、牢狱监禁者、征输困乏者、水溺火焚而死者、蛇螫虎啮而死者、含冤负枉而死者，其苦亦不知几许？而我弗知也。自今以后，得一饷安乐，即当思念六道苦恼众生，摄心正意，愿早成道果，普济含识，俾齐生净土，得不退转，刹那自肆，何以上报佛恩而下酬檀信也？励之哉！

当我们在片刻安乐的时候，可以走来走去，要吃就吃、要睡就睡，聊天、喝茶、逛街，这都是应该感恩的大福报，我们闭起眼睛想想悲苦的众生吧！如果我们不幸遭逢到苦难，就想想那些比我们更苦难的众生吧！

静心一想，要有更大的惭愧，更深的菩提心，才能朗然独醒，做大丈夫的事业！

与鬼捉迷藏

"我昨天晚上做了一个有趣的梦，梦见我捉住了一个鬼！"孩子早晨起床洗脸的时候，这样告诉我。

"鬼？"我怔了一下，六岁的孩子就知道有鬼，出乎我的预料。

"是呀！一个鬼！我捉住他了。"孩子斩钉截铁地说。

"鬼长什么样子？"我问。

"鬼长得和人一样呀！"孩子说。

"那么，你怎么知道他是一个鬼呢？"

"因为他走路时躲躲藏藏，专选黑暗的角落走，眉头皱成一团，很不开心的样子。他都不笑的，而且都用白眼看人，我在路上走，看到所有的人都很开心，只有他的脸皱着，我一看，就知道他是一个鬼了。"孩子说。

原来他心里的鬼是这样，想想也颇有道理，我就问："那你为什么要捉他呢？又用什么方法抓他呢？"

"我想，做鬼是很苦的，希望捉住他告诉他不要做鬼了。而且，我想，捉鬼是不容易的，一定要用鬼的方法才行，我就跑去对那个鬼说：'喂！我们来玩捉迷藏好不好？轮流做鬼。'他答应了，他先做鬼，我被捉住了，换我做鬼，我捉住他，就对他说：'别做鬼了吧！每天绷着脸多无聊。'他大概觉得做鬼没意思，就说好！"

　　孩子天真地说着故事，我听得竟然入神了，说："他真的就不做鬼了吗？如果能不做鬼就可以不做，那就太好了。"

　　"哪里有这么简单，我在梦里想，要怎么来改变这个鬼呢？我把他带到寺庙里，叫他在清净的地方消消鬼气，然后我教他念'嗡嘛呢叭咪吽'，我对他说：'你早上就做这个好了。'然后坐在对面看他念，然后，我对他笑起来，一直笑一直笑……

　　"那鬼很奇怪，他从来没笑过，问我：'这哈哈哈听了真好！要怎么哈哈哈？'我听了很同情他，我说：'你要是从前开开心心，现在也不会变鬼了。'我就教他笑，他开始的时候笑得很丑、不自然，渐渐就笑得好看了，到最后比他原来好看一百倍，脸也红了，眉头开了，胸部也挺起来了，眼睛很亮很亮了。我说：'你已经变成人了呀！人就是这样，开心欢喜，多好！'鬼高兴得不得了，他叫我给他取个名字，我说：'我就叫你开心好了！'一说完，他就不见了，我也醒了。"

　　这是今天早上，我的孩子对我说的一个梦，我听了引起一连串的思考，想到在人间里，如果一个人终日不悦，白眼看人，总是走在黑暗的路上，他就可以说是人间的鬼，至少是心里有鬼了。若以孩子的标准来评定，我们走在路上看到的人，至少有一半应列入鬼界，因为开心的人愈来愈少见了。

对付鬼有什么方法呢？就是清静、开心罢了。我们心里的鬼不断地在和我们捉迷藏，一般人总是隐藏他，修行人的不同，就是显露他、捉住他、改变他，一直到他清净为止。

佛经里说：

善护于身口，
及意一切业。
惭愧而自防，
是名善守护。

身口意三业的清净，是说身中无恶行之鬼、口中无恶言之鬼、意中无黑暗之鬼，使身口意清白明朗，就好像黑夜里的满月一样。佛陀在《杂阿含经》里说：

善男子譬如月，譬如明月净分光明，色泽日夜增明，及至月满，一切圆净。

譬如月无垢，周行于虚空；一切诸星中，其光最盛明。

所以，我们不要怕黑，鬼就像黑暗里的影子，只要我们往光明之地走去，影子便会暴露出来，在日正当中的时候，影子就在脚下了！

天心月圆

弘一法师李叔同在临终前给他的至友夏丏尊写了一封遗书：

丏尊居士文席：

朽人已于九月初四迁化，曾赋二偈附录于后：

君子之交
其淡如水
执象而求
咫尺千里

问余何适
廓尔忘言
华枝春满
天心月圆

这两偈后来成为弘一大师的名偈，相信也能传诸久远。赵朴初居士后来写了一首诗纪念弘一：

深悲早现茶花女，
胜愿终成苦行僧。
无数奇珍供世眼，
一轮明月耀天心。

我最喜欢弘一遗偈中的两句"华枝春满，天心月圆"，觉得它最能代表中国出家人的精神境界，这种境界其实是法性的境界，那样的光明、清净、无远弗届。

中国禅僧把月亮当作是自性的一种显现，是非常特别的传统，这传统可以远溯到释迦牟尼佛在《楞严经》中说的话：

如人以手指月示人，彼人因指，当应看月。若复观指，以为月体，此人岂唯亡失月轮，亦亡其指。

明朝的瞿汝稷曾经编录了六百五十则禅门宗匠的历略及机缘语句，合为一部大书《指月录》，又名为《水月斋指月录》。这是为了使学禅的人参究古师大德的圣言圣业而得到开启，故"以手指月"，以指譬教，以月譬法。

"指月"是中国禅重要的概念，到后来甚至是顿悟禅的别称，因为手指一出，明月在眼，其中没有"渐"的过程，当别人指月给我们看，我们不会先看近处的楼台、较远的山峦，再看见月，而是直接看到天心中的明月，这是"心眼同时"的境界。禅宗另一部重要典籍《碧岩录》曾经说："好雪片片，不落别处，无风起浪，指头有眼。"很能表现出一个指头伸出的那种明月显现的情景。

指月的概念也影响到宋明理学，像邵雍写的《清夜吟》：

> 月到天心处，风来水面时。
> 一般清意味，料得少人知。

例如王阳明写的《蔽月山房》：

> 山近月远觉月小，便道此山大于月。
> 若人有眼大如天，当见山高月更阔。

都颇有禅宗的味道，宋朝的雷庵正受在《嘉泰普灯录》中写了两句禅偈：

> 千江有水千江月，
> 万里无云万里天。

这也是名偈，是直指性无所不在、无处不应，江水虽然有别，江中之月无差。这也可以让我们看出为什么古人以月为法性的缘由，月亮有光明、清净、温柔、平等、广大、遍照、无私、

永恒、空远等等的特质，我们常常观月，就容易知道佛经中说的
"真如""实相""妙有""如如""无相""毕竟空""柔软心"等
名相的真义。

　　另外，月亮指的也是一种实证经验，那种经验有如《楞严经》
中说的"身心皎然，快得无碍""其心豁然，得大无碍""性觉真
空，空性圆明""汝身汝心，外及山河虚空大地，咸是妙明真心
中物"。我们以明朝的憨山大师和民国的虚云老和尚为例，在《憨
山大师梦游集》中记载他"一日粥罢经行，忽立定，不见身心，
唯一大光明藏，圆满湛寂，如大圆镜，山河大地，影现其中。及
觉，则朗然，自觅身心，了不可得"。即说偈曰：

　　　　瞥然一念狂心歇，内外根尘俱洞彻；
　　　　翻身触破太虚空，万象森罗从起灭。

　　《虚云和尚年谱》则记载虚云开悟的情况："一夕，夜放香时，
开目一看，忽见大光明如同白昼，内外洞彻。隔垣见香灯师小
解，又见西单师在厕中，远及河中行船，两岸树木种种色色，悉
皆了见。"后来他被开水烫到，茶杯打破，述偈曰：

　　　　杯子扑落地，响声明沥沥；
　　　　虚空粉碎也，狂心当下息。

　　这"虚空粉碎""内外洞彻"的情况，很能让我们想到月光
的遍照。写这种境界，最有名的是寒山子的诗：

吾心似秋月，碧潭清皎洁。

无物堪比伦，教我如何说。

禅师的诗直截了当、出语天然，不可与一般诗人同观。在《指月录》里，光是有关月亮的诗就超过百首，我们在此选录几首来品味：

雪窦禅师：

闻见觉知非——，山河不在镜中观。

霜天月落夜将半，谁共澄潭照影寒？

真净禅师：

杖林山下竹筋鞭，水在深溪月在天。

良马不知何处去，阿难依旧世尊前。

崇觉禅师：

恼恼牛栏昨夜开，岭头人唤不归来。

烦君道与西江月，莫照孤灯冷处灰。

保宁禅师：

秋夜霜天月正明，仰观星象约三更。
一条大路平如掌，归去何妨彻晓行。

真如禅师：

昨夜三更，风雷忽作。
云散长空，前溪月落。

智策禅师：

四大既分飞，烟云任意归。
秋天霜夜月，万里转光辉。

绍悟禅师：

一重山尽一重山，坐断孤峰仔细看。
雾卷云收山岳静，楚天空阔一轮寒。

帆衍禅师：

金鸭香销更漏深，沉沉玉殿紫苔生。
高空有月千门照，大道无人独自行。

翁敬禅师：

问处分明答处端，当机觌面不相谩。

死生生死元无际，月上青山玉一团。

明星禅师：

明月落波心，白云横岭上。

欲识本来机，铁牛吞大象。

禅师所颂的月亮与一般诗歌有很大的不同，是以天上之月喻心上之月，因此我们在读这些"咏月偈"时，除了欣赏诗句诗意之外，也应该"参一参"其中的禅意，看看在自心里，虚空粉碎、碧如琉璃是怎样的一副光景！

在中秋时分，想起禅师的"指月"，回头一观，我们实在应该学习月亮的平等、无私、温柔、清净、广大，与可亲的品质。而一个人步入中年，就和月到中秋一样，可以分外明亮，我们则要学习觉悟，看看自己的明月，若不能如此，在仰观明月之时，也会留下一丝遗憾吧！

弘一遗事

　　最近在香港书店找到一些弘一法师李叔同的新资料，才知道弘一法师有很多后代还留在大陆，包括他的儿子李端，孙女李莉娟、李淑娟，还有侄孙、侄孙女等。

　　读了他的儿子和孙女怀念记述弘一法师的文章，心中感触颇多，弘一是近代高僧，为后人景仰，与他持戒的精严、石破天惊的修行很有关系，可是在这修行的背后是充满了牺牲与决心的。

　　弘一法师的儿子李端，今年已经八十六岁，他在一九〇四年出生。弘一是在一九〇五年赴日留学，一九一〇年学成返回天津，只住了不到一年，就离家去江南，一九一八年出家。父子之间，一生中相聚尚未超过两年。

　　在李端的回忆里有这样几段：

　　　　给我祖母发表以后，先父即于当年东渡日本留学。
　　　　一九一〇年学成后曾回津任教一年左右，再次南下上海，辗转苏、杭、浙、闽，一去三十年，至死也未归来。

先父的出家为僧，给我母亲的刺激很大……先母病故以后，家中曾给已经出家为僧的我的先父去信服丧，但他没有回来。

弘一法师从天津南下，一直到出家、圆寂，三十几年的时间没有再与妻儿相见，其他亲人更不用说了。据李端的回忆，在这三十年中，弘一虽与二哥李桐冈保持书信往来，但只给俗家的妻儿写过两封信，第一封是刚出家时，给哥哥写信时的附书，第二封是为自己的孙子命名，李端有详细的记述（因为太宝贵了，所以印象特别深刻）：

第一封信是先父出家后寄来的，当时我正在中学上学。信中说他已经出家当了和尚，让我们一家人也吃斋信佛，还嘱咐我们弟兄要用功读书，长大后在教育界做事。看到这封信，我们一家人都哭了。记得这封信的信笺是在白纸上印着一个和尚坐在那里的图案，线条为赭石色。

我见到的第二封信，是我的九嫂王氏第二胎生了一个男孩以后（第一胎生的是女孩），我们向先父报告家中添丁的事，并求这位出家当了和尚的老人给孙子起个名字，以为吉祥长命。以后得到先父的回信，给他的孙子赐名"曾慈"，有纪念我祖母王氏的深意。

132

弘一法师与妻儿的联系就是这样了，在他出家时并未告知家人，在他的年谱里记载，他留学日本归国时曾带一日本夫人回国，出家时托朋友资遣，"日姬求一见亦不得，绕房啼哭而去"。

弘一法师哥哥的外孙女姚国秀，多年后曾特地从北京到杭州去找弘一，起初都无法见着，经过多次的乞求，有一位和尚出来接见她，对她说："我就是李叔同，你回去吧！"

从弘一法师的子孙记述中，我们很容易发现他们对父亲或祖父有一些怨气，可是反过来想，一个人的出家是具有多么大的决心与舍离，特别是弘一法师修行南山律宗，在戒律上是最严谨的。

但他绝非无情之人，这一点从他留给后人的诗词文章歌谣中可以看出，在他出家后，每一年父母的冥诞他都写经回向以解脱尘缘，他留下的许多书写佛经，都是为父母而写的。他俗家妻子过世时，也曾计划返家，可是一九二一年春天正逢直奉战争，拖了几个月，后来就没有回津。据他在一九二二年给俗侄麟玉的信中曾说："当来道业有成，或来北地与家人相聚也。"

弘一在未出家时就是一代名士，出家后想来谒见的达官显要很多，他则一概不接见，有一次他的师父寂山长老带着温州道尹张宗祥来拜见，寂山长老持张的名片叫弘一去见，弘一甚至垂泪说："师父慈悲，师父慈悲，弟子出家，非谋衣食，纯为了生死大事，妻子亦均抛弃，况朋友乎？"

一代高僧的风范就从这里流露出来了，因此，这不是无情，而是至情！

读弘一法师的新资料，最令人感叹的是，不论是他的家人、亲友、门生，原来都保存有许多他的书信、印石、文物，在"文革"期间几乎全部被斗、被抄、被毁，无一例外，能留下的资料已经很少很少了。

李端现在手里有的弘一的纪念物，都是弘一在海外的友人学生回赠给他的，他在回忆文章的最后写道：

　　多年来我一直存有我们大家庭和先父母生前的很多照片，可惜在十年动乱中付之一炬了。

读到这里，令人浩叹！

孔雀王朝无忧王

朋友从印度回来，送我一颗干了的阿摩罗果，我在长夜里看这椭圆形的褐色果实，就想起阿育王临终时的情况。

公元前三世纪统一印度的阿育王，是印度有史以来治绩空前的统治者，也是护持佛教最有力的国王，但是他临终的时候死得十分悲惨。晚年，阿育王的王后帝沙罗文与人私通，他怒而焚杀王后，从此忧悒寡欢，以致得了重病，国家的财政由侄子财天施掌理，不能任他取用来供养僧众，一生竭力施财给出家人的阿育王更加烦恼。

这时候，许多阿罗汉来探视阿育王的病，王的手上正好有半捧还没有吃完的阿摩罗果，便以至诚的信心把半果供养众阿罗汉，阿罗汉们于是同声叹道："大王！比起你从前一切自主时所供养的九十六俱胝（一俱胝就是一亿）黄金，现在这个供养更大！"

阿育王因此内心得到自在，含笑而逝了。

不过，另外有一种说法是，阿育王供养半果之后，有一天，一个侍女在旁边拿着有宝柄的拂尘为他扇凉，由于白昼的酷热而打瞌睡，拂尘从手中落下，掉在阿育王身上，阿育王非常生气，心想："以前，各国的大王也要为我洗脚，现在连卑贱的奴仆也轻侮我。"愈想愈怒，终于一怒而亡。

虽然说法不同，但阿育王晚境凄凉是可以确定的，阿育王所兴盛的孔雀王朝也像阿育王的死，充满了谜一样的传说，近年来十分卖座的日本电影《孔雀王朝》《黄金孔雀城》就是取材于当时的传奇。

我从前对孔雀王朝极有兴趣，曾读过许多印度历史的书，里面有许多阿育王的记载，古印度史的记述不免掺杂了传说与神异色彩，不过有关阿育王的事迹却有几个故事颇能发人深省。

孔雀王朝建立于阿育王的祖父旃陀罗笈多王，他在摩揭陀国的巴连弗城建立国都，成为印度史上中央集权的大帝国，自称"孔雀王朝"。到阿育王父亲尼弥多王的时代，王朝已经极为壮大，财力雄富，有五百大臣。阿育王的出生也有许多传说，一说他的母亲是商人的妻子，与国王私通而怀孕；一说他母亲是"行为端正，令人乐见，为国所珍"（《杂阿含经》）的婆罗门女。母亲生他的时候十分安稳，一点也没有痛苦忧恼，所以国王为他取名"阿育"（即无忧的意思）。

阿育王幼年即精通技艺、观察与相术，却不为父亲宠爱，与母亲住在宫外。在阿育王幼年时，国王的大臣曾向一位婆罗门占相师询问将来由谁主掌王位，占相师说："由吃最殊胜食物、穿最殊胜衣服、坐最殊胜坐具的那一位。"因为王子们都享用优裕，大臣们不明其意，再进一步追问，占相师说："最殊胜的食物是米饭，最殊胜的衣服是粗布，最殊胜的坐具是土地。"——当这个预言传出后，不但国王不喜欢，其他的王子也对无忧怀着忌恨。

阿育王青年时代，正好尼泊尔传悉耶的人民叛乱，尼弥多王派阿育去平反，却只给他很少的兵卒，没想到阿育一举平定了叛乱，把首领抓回献给国王，尼弥多王这时才对阿育另眼看待，说："你的聪明、力量、勇气都是非凡的，现在你想要什么，我都赐给你。"阿育向父王要了一座最偏远的波吒厘子城，在当地建了五百处花园，招集了一千个女乐伎，终日嬉戏享乐，通宵达旦。这样一来，因为地处偏僻，不会受到六个哥哥杀害，终日享乐也令人以为他无心于王业了。

后来，孔雀王朝与隔邻的摩揭陀国作战，阿育王的六个哥哥都被派上战场，只有他留在国内，偏巧在这时尼弥多国王去世，城内的臣民想起以前占相师的预言，便把阿育扶为国王。远在外地征战的哥哥听说阿育登基，心中愤愤，在恒河以南各拥一座城而自立为王，印度再度分裂。

成为国王的阿育，有数年之久沉溺于爱欲，又和几个哥哥不和，连年争战，最后他把六个哥哥和追随哥哥的五百大臣全部杀掉了，再度统一印度。阿育王变得无比凶暴，传说如果一天不杀人，就心中不安，甚至吃不下饭、睡不着觉。

有一天，他听从一位邪见婆罗门的说法，说如果能杀死一万人祭祀，会使国政兴隆，国王也会得到解脱。他于是遍召全国找一位能杀死一万人的刽子手，还特别修建一座祭祀堂，专为杀人之用，他亲自对国人誓愿："凡该杀死的人都送进祭祀堂，在未杀满一万人以前，凡是走进堂内的人一律杀死，这是供养遮苦行女神邬摩的誓愿，谁也不能违犯。"这样，在短时间内就杀死了五千人。

当时的大修行者耶舍阿罗汉，有一名弟子迷路，就走进祭祀堂休息，刽子手正要杀他时，这沙弥才知道阿育王曾有过残忍的誓愿，沙弥对刽子手说："我有些罪业还没有忏悔清净，可不可以七天后再杀我，让我住在祭祀堂里？"刽子手答应了。沙弥由于看见祭祀堂的血肉内脏，七天内就因生起无常等圣谛而证得阿罗汉。

七天到了，刽子手把沙弥放进油锅，他却丝毫不受损伤，用许多方法都不能杀他，只好去报告阿育王。阿育王好奇地走入堂中观看，刽子手于是持剑要杀阿育王，国王甚感惊奇，刽子手就说："大王曾在女神面前立下誓言，凡到祭祀堂内的人一律杀死，大王岂可违背自己的誓言？"

阿育王生气地说："你比我先来这里，还是先把你杀了吧！"于是派侍卫杀死了刽子手。

阿育王眼见沙弥的神变，接着听受了沙弥的说法，对自己所做的罪业大为追悔，欲拜沙弥为师，沙弥说："我的师父耶舍阿罗汉才能做大王的老师。"

阿育王因此延请耶舍到城中教化佛法，自己成为皈依弟子，这是他成为国王的第七年。从此，他虔信佛法，昼夜行善，每天供养比丘三万人，建成了八万四千座佛塔，每天向各座宝塔供养油灯熏香、花鬘各一千，向菩提树供养盛满香水和五种甘露的金银琉璃宝瓶。他并大力供养僧人，从有成就的阿罗汉到凡夫僧普皆供养。

有一个故事说，阿育王曾大力供养一个年老、愚笨、闻法很少的比丘，这位老比丘连一句偈颂也不会念，供养完了以后，大家才知道阿育王要来听这老比丘说法，老比丘非常后悔，心想："早知道要说法，就应该把好食物让给别人吃，现在已经吃了国王的食物，怎么办呢？"

护法天神知道了，担心由于老比丘不会说法，使国王对佛法失去信心，就现身对老比丘说："要是国王前来听法，你只要说：'大王！大地和山岳也要归于毁灭，何况是大王的社稷，这一点请大王深思之。'"

老比丘果然向阿育王如此说法，阿育王深以为然，毛发倒竖，思索其义，并赐给老比丘一件黄金的袈裟。老比丘也经由这次说法的信心努力修习，三个月后证得阿罗汉，他穿的国王赐的袈裟散发浓郁的香气，所过之处，香味遍满。

大家都深信老比丘得证是国王供养的功德，全国人民因此都崇信佛法。为了表示对僧侣的尊崇，阿育王甚至把国政献给僧侣统治两昼夜，表示国家的强盛是因为有佛法僧三宝护持之故。信佛以后的阿育王把自己改名为"达摩阿育"，就是"法无忧"的意思。

阿育王晚年发愿要供养辖治下的波兰多迦、迦湿弥罗、吐货罗三国的僧侣各黄金一百俱胝，到临终时还不能满愿，只好以半个阿摩罗果作为临终前的一切供养。

玄奘法师在《大唐西域记》里曾写到这临终的一幕，颇为动人：

无忧王遘疾弥留，知命不济，欲舍珍宝，崇树福田。权臣执政，诫勿从欲。其后因食，留阿摩罗果，玩之半烂，握果长息，问诸臣曰："赡部洲主，今是何人？"诸臣对曰："唯独大王！"王曰："不然！我今非主。唯此半果，而得自在。嗟乎！世间富贵，危甚风烛。位据区宇，名高称谓，临终匮乏，见逼强臣，天下非己，半果斯在！"

　　乃命侍臣而告之曰："持此半果，谐彼鸡园，施诸众僧，作如是说：昔一赡部洲主，今半阿摩罗王，稽首大德僧前，愿受最后之施，凡诸所有，皆已丧失，唯斯半果，得少自在。哀愍贫乏，增长福种。"

这一段文字美极了，我舍不得去翻译它，那历历如在眼前的情境，使我们想起历史上无数晚景凄凉的帝王，统御无数臣民土地的阿育王，临终前唯一的自在竟是半个阿摩罗果，想来令人浩叹！

阿育王死后，孔雀王朝随即失势，不久国土四分五裂，王朝就灭亡了。

我在深夜里玩赏那远从印度菩提伽雅来的阿摩罗果，思及孔雀王朝及阿育王的故事，心情为之迷离，在盛大的王朝与细小的果实之间，何者是大，何者是小？何者是远，何者是近呢？

传说阿育王供养鸡园寺比丘的阿摩罗果，被放在羹中同煮，让每一个僧人都吃到，果核则用宝盒盛起来供在佛前纪念这一代霸主，那果核仍在，而孔雀王朝早已灰飞烟灭了。

经典里常说，得证的圣者看地球有如观掌上的一粒阿摩罗果，河山有如果纹。我们或许不能达到那种境界，不过从一粒果实观想世界的无常、人生的变异，也使我们知道其中有智慧在焉！

时间道场

　　一分钟很短，但是，一分钟比五十九秒还长，比一秒钟更长很多，所以，要珍惜每一分钟。

　　佛经里最短的时间是一刹那，等于七十五分之一秒。一念里有九十刹那，一刹那有九百生灭，因此连刹那也是无限。

　　佛经里最长的时间叫"阿僧祇"，是不可计算、无量数的意思，据称一阿僧祇有一千万万万万万万万万兆年，可是又说"一念遍满无量阿僧祇劫"，因此长短并没有分别。

　　一弹指，也是佛经的用语，一弹指有六十五刹那，有的经说一弹指有九百六十生死，有的经说一弹指之间心念转动九百六十次。还有说二十念为一瞬，二十瞬为一弹指。又有说，四百念为一弹指，一万二千弹指是一昼夜。并不是佛经不统一，而是时间乃相对的概念，不是绝对的。

有的人一分钟当千百世用，有的人千百世轮回生死业海茫茫，不及别人的一弹指顷。

一寸时光，就是一寸命光，每一眨眼，命光就流逝了。因此，注意当下，就是珍惜永恒的生命。

在思想与思想之间，时间一定留有空隙，只要进入那空间，有觉察的力，时间就等于智慧。

不要期待永恒的理想，若能安住在此刻的时间上，此刻就是净土，就是永恒的理想。

"万法归一，一归何处？"其实，一就展现了万法，就像一秒钟不能从一万年抽出，一万年则是由一秒钟组成。

年龄不能作为智慧的依据，因为每个人都是宇宙的老人。上帝未生之前，我就存在了，这是宇宙的真实。

有理想、有壮怀的人不因时间消逝而颓唐，而是到死的瞬间还保持着向前的心。

我喜欢两副对联：

世事如棋局，不着者便是高手；

一身似瓦瓮，打破了才见真空。

两个空拳握古今，握住也须放手；

一支金笏担朝政，担起也要歇肩。

——真是道尽了人与时间赛跑的关系，人不能与时间赛跑，但人可以包容时间、善待时间。

极大之处，有极小存在；极近之处，有极远存在；极恶之处，一定也有佛存在。

时间是空，但它创造了无限的有；时间是不可捉的，却制造许多可捉之物；时间的空与不空是同一质、同一味。

"万法是真如，由不变故；真如是万法，由随缘故。"时间从未变过，因为钟表、日夜都不是时间；但时间也从未住留，因为整个宇宙都是时间的痕迹，时间的道场，在为我们说缘起的法、生灭的法。

数字菩提

一箭过西天

奔马的速度很快，可是快不过时间。

飞燕的速度更快了，也一样快不过时间。

刹那刹那的念头更快更急，还是不如时间。

这个世界没有一样东西快过时间，所以春天来临的时候，有如奔马脚踩飞燕，是挡也挡不住的。

但人在开悟时的感觉，或可与时光比拟，禅里说"一箭过西天"，是指心性遥远、崇高而绝踪迹的境界，超越了语言、心得、时空，无任何迹象可循。

二 大庄严

当我们看见一朵花开启，那是庄严。

当我们看到一枝草挺立，那也是庄严。

智慧从黑暗中开悟，有如晨曦中的花开。

定力在波动中不失，仿佛风雨中不倒的青草。

有动人之美的是智慧，这是"第一义庄严"。

不随恶境波折的是福德，这是"形相庄严"。

《大般涅槃经》说：

> 二种庄严，一者智慧，二者福德，若有菩萨具足如
> 是二庄严者，则知佛性。

菩萨之庄严，那是由于世界未来如是庄严。

三 清净

释迦牟尼佛指着大地，大地全部变成紫金色，他对弟子们
说："心净，则国土净。"

——我的世界本来就这样清净，只是你们看不见罢了！

"清净"有心、身、相三种，对于这世界不生染心、嗔心、

146

骄慢心、悭贪心、邪见心，是"心清净"。

心清净了，能常得化生，不再轮回，叫"身清净"。

身心清净了，走到哪里，哪里就成为清净的世界，这是"相"清净。

看曦光中的树枝，翠绿如斯，感到就与自心的清净无异。

四不思议

我们在成长的过程中常发现，我们对宇宙的了解是太有限了，就是一朵黄花从田野中开放，它所依凭的力量，人也不能完全了解。

所以，佛说，世上有四件事是人不可思议的：众生的生死不可思议，世界的生成及始终不可思议，龙的意念不可思议，佛的清净境界不可思议。

既然一切都不可思议，让我们路过田园时仔细地欣赏一朵花吧！让我们在静寂的夜里不要思议，回观自己的心吧！

五色五智

从前在印度，僧团不得以青、黄、赤、白、黑五色制成法衣，认为这五种颜色是华美之色，是庄严极乐净土的颜色。

五色是法界体性、大圆镜、平等性、妙观察、成所作等五种智慧的象征，也是信、进、念、定、慧五种力量的代表。

到了中国，又和金、木、水、火、土五行结合，与地、水、火、风、空五大相通，成为宇宙的根本元素。

每一种颜色都是伟大的，因此树上一粒鲜红的李子中，也有大化的奥秘。

六窗一猿

释迦牟尼佛拿起桌上的一条宝花巾，打六个结，对弟子说，眼、耳、鼻、舌、身、意六根都是同一本性，因妄相而有六种不同。

这就好像一个房子里有一只猿猴，从六个不同的窗子看进去，仿佛是六只猿猴，其实只有一只。

很多人在某一个特别的时空都会看到那只猴子，但是只有很少很少的人跳窗进去，抓住那猴子。

抓住猴子再从窗子看世界，就完全不一样了。

七情六欲

凡人说的七情六欲，是从佛经来的。

喜、怒、哀、乐、爱、恶、欲是"七情"，乃是非之主、利害之根。

色欲、形貌欲、威仪欲、言语音声欲、细滑欲、人相欲叫"六欲"，是凡夫对异性具有的六种欲望。

七情六欲原无好坏，沉沦了就堕落，清净了就超越。

可惜沉沦者众，清净者寡。

八功德水

佛经里，把很好很好的水叫"八功德水"。

是说水具有八种功德、八种殊胜：

澄净、清冷、甘美、轻软、润泽、安和、除饥渴、长养善根。

包围着须弥山的七内海，还有佛净土的水都是八功德水。

其实，在我们居住的地方也有这样的水，今天路过犹澄明的澎湖内海就有这样的感慨：许多地方没有八功德水，那是因为当地的人没有功德了。

一个地方的水开始污染，表示人心已先污染了。

九品莲台

《观无量寿经》里说到，人如果求生净土，死后会依其善根因缘去往生净土，净土分为九品，人则从莲花里化生。

人从莲花里生出，想起来就令人感动，可是莲花那么柔软，要多么柔软的人才能安住呢？

在这波动烦恼的人间，有时觉得能住在草树围绕的茅屋，心中没有烦恼，就是净土了。

十界一念

佛法里把世界分成十界：地狱界、饿鬼界、畜生界、修罗界、人间界、天上界、声闻界、缘觉界、菩萨界、佛界，前六界是凡夫的迷界，后四界是圣者的悟界，所以称为"六圣四凡"。

十界看来很遥远，其实很近，"十界一心平等""十界互具""十界一念"。

所以说人身难得，生而为人是珍贵的，因为十界都在我们的心中，偶尔抬眼看人间，总看到悲喜的演出，这时就会想：超凡入圣吧！可是看到苦难不能解救，就会想：超圣入凡吧！

十一面观音

以观世音菩萨的形相，看了最令人心惊的是十一面观音。

十一面观音有十一张脸，顶上的佛面表示佛果。前三面慈相，见善众生而生慈心，大慈与乐。左三面嗔面，见恶众生而生悲心，大悲救苦。右三面白牙暴出，见净业者发赞叹，劝进佛道。最后一面大笑，是见到善恶杂秽众生而生怪笑，使其改恶向善。

十一面观音其实是人间相的总和，令人深思，其慈如山，其悲似海，而他的生气与爆笑，何尝不是深刻的示现呢？

十二因缘

佛经的根本教义是十二因缘：无明、行、识、名色、六处、触、受、爱、取、有、生、老死。

这是说生老病死一切的苦恼是从无明开始的，而一个人如果要灭除人间的苦，就要灭去无明与渴爱。

人生在这个天地，有哭有笑，有血有泪，看起来是多么奇妙，可是这奇妙是很久很久以前就开始了。

"此有故彼有，此生故彼生；此无故彼无，此灭故彼灭！"想要停止生死轮转，就要从此刻开始！